当你不经意地爱上蓝色又对它喜新厌旧时，
偏偏遇到了土耳其蓝，那一瞬间，你的小兴奋立刻又被重燃。

有多少恨藏在这郁葱葱的绿里。
恨过之后，还要热血沸腾地爱。
女人最无可救药的便是：爱过恨过之后，还是爱，还是爱。

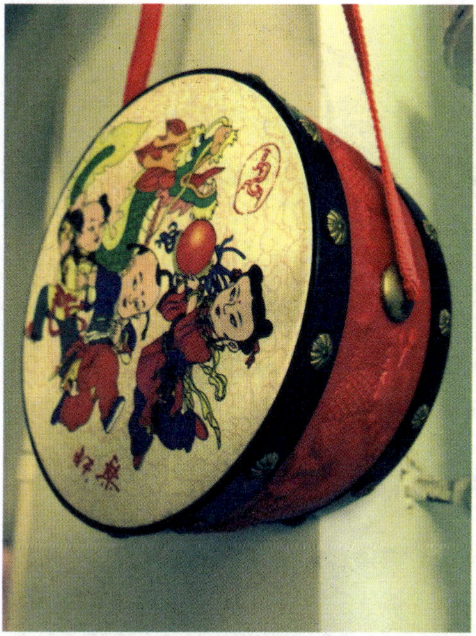

那缤纷多彩的颜色，令一切灰黑白黯淡下去，
令周围黑压压的势力变得华丽而美艳。

如花美眷，终敌不过似水流年。
坦然接受岁月的洗礼，失去粉嫩，收获五彩，是另一种升华。

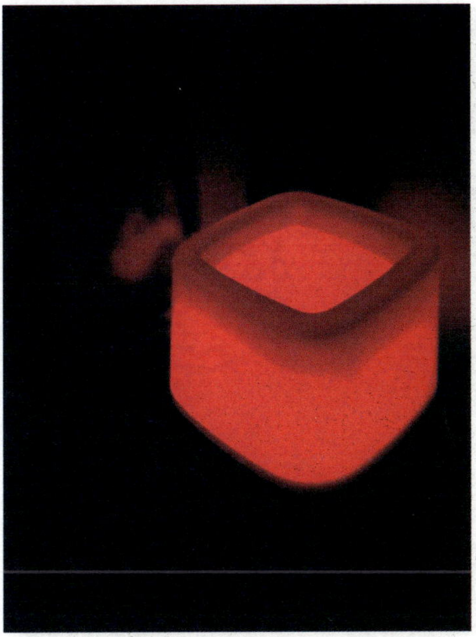

生命从红色开始自己的历程，最后也回归于红色。
红色的出现令其他颜色都显出了单薄，它的锋芒不可一世。

喜欢黑色，就在它深邃神秘、暗藏力量的特质；
不喜欢黑色，也在它的纯粹彻底、不留余地。

那接近无限透明的蓝，不经意望去，美得窒息而向往。
眼瞳最深处的神秘就在天蓝色的彼岸。
那是唯一需要仰视的色彩，恰如爱情的姿态。

紫，就是这样矛盾，喜欢又不易亲近，热闹却并无快乐，忧郁却又让人欲罢不能。

纯白是送给年轻女人的礼物，穿上纯白就是天使。
若过了花季，再穿纯白，只会尽显苍白。
纯白与苍白，对于女人，不是颜色的差别，是身份的转换。

男人品茶，由色入心。
茶之色香味形四绝，要逐一体味，其细腻一面，颇为动容。
男人爱茶，由味入道。
茶之滋味，品出人生赏味、悟出生活之道。

柠檬黄，贵在它的亮色，是最妙的点睛之笔，
若漫天漫地都是柠檬黄，高贵无迹可寻。
女人不要贪满，点缀和搭配才是精华。

郁葱葱的绿，叶子挤得几乎容不下盆，边沿都是卷曲的，
来不及长出来迎接阳光与女主人。

把五颜六色都拿出来打扮，那是铁了心地爱美。
女人不肯亏待自己，每一种颜色都不放过。

谁又能如红色瞬间完成从欢快喜庆到危险悲情的角色转换。
它的极端令它对视觉的触摸最为直接，
你无法躲闪，更不能回避。

夜色总令单身的男女惆怅。
黄昏的时候心就开始冷了，暗夜袭来，更叫人凉薄。
没有枕边人的孤寂是最不能与人诉的。

对于紫色，很少有人能持冷漠的态度。
它不是一种喧闹的色彩，
但却有种沉静的帝王之气，令你无法忽视。

活色生香

Color & love Strery

[恋爱笔记]

任青 著

新世界出版社
NEW WORLD PRESS

图书在版编目（CIP）数据

活色生香恋爱笔记 / 任青著. -- 北京 : 新世界出版社, 2017.6

ISBN 978-7-5104-6307-5

Ⅰ. ①活… Ⅱ. ①任… Ⅲ. ①散文集－中国－当代 Ⅳ. ①I267

中国版本图书馆CIP数据核字(2017)第129243号

活色生香恋爱笔记

作　　者：任　青
责任编辑：黄　倩
责任印制：李一鸣　王宝根
出版发行：新世界出版社
社　　址：北京西城区百万庄大街24号(100037)
发 行 部：(010)6899 5968　(010)6899 8705（传真）
总 编 室：(010)6899 5424　(010)6832 6679（传真）
http://www.nwp.cn
http://www.nwp.com.cn
版 权 部：+8610 6899 6306
版权部电子信箱：nwpcd@sina.com
印　　刷：北京市中印联印务有限公司
经　　销：新华书店
开　　本：880mm×1230mm　1/32
字　　数：180千字　印张：7.75
版　　次：2017年6月第1版　2017年6月第1次印刷
书　　号：ISBN 978-7-5104-6307-5
定　　价：38.00元

C O N T E N T S 目录

125 Part 3 眉目传情笔记，由里及外色眼识人

Part ①

小猎人笔记，色彩要让人有冲动感

1 小小歪理笔记 (绿)

谁在花花绿绿间?

花色于女人，要么千娇百媚，要么一败涂地。

要将花色穿好，对女人的身材、脸蛋、气质都有约束和讲究。

最为挑剔的颜色莫过于花色。

花色于男人，更是洪水猛兽。海滩上倒罢，本来就是花天酒地、得意忘形去的；若平常见男人穿得花花绿绿地来，好感全无。

能将花色穿好的男人凤毛麟角，通常都是滑稽可笑的角色。

《围城》里说到可爱的方鸿渐有了意中人唐晓芙，想着要见面，一早就在镜子前悉心打扮。总看着镜中的自己不满意——“其实旁人看来，他脸色照常，但他自以为今天特别难看，花领带衬得脸黄里泛绿，换了三次领带才下去吃早饭。”

男人为女人殷勤打扮的时候怎能不说他可爱。可他偏偏选了条花色领带，怎么搭都不讨好。花色用来衬男人的脸，只会落得“黄里泛绿”的不招人待见的场面。

花花绿绿本是人生美景，“凭君细数东州客，谁在花花绿绿间？”这首《又解嘲》早早将这片花色描绘得艳丽纷繁。

花色再美，却只可远观，不可随便亲近上身。

越是不能随便的，越有诱惑力。

那缤纷多彩的颜色，令一切灰黑白黯淡下去，令周围黑压压的势力变得华丽而美艳。只要一袭花裙，立刻夺目。女人总想不费吹灰之力就变美，她总抗拒不了那些花花绿绿的姹紫嫣红。

爱它又不可盲目，那么掌握搭配的小技巧是条捷径。

花色布料拿来，先看主色。可以依上面最主要的颜色将之归类为某一种颜色，然后再遵循一般颜色的搭配法则。通常小碎花布料，仍然可以配上同色系的素色布料，如粉红碎花布接粉红色的袖腕、裙摆等。而大花式的花色衣服，最好不用同色系的布料来配，而改用对比色或白色来配，才能使大花纹的优势稍微平衡些。

花色衣服的剪接线不宜太多，除非是要衔接素色的切边，否则应该尽量利用花布本身的图案来作为点缀，剪裁得大方简单为宜。不论是什么样的花色布，如果是两截式的服装，一定要注意其深浅，若是上身色浅，则下身应该深；下身若深，上身就要浅。不然全身花色一片，失去层次，俨然一个分量十足的花大姐。

穿花色衣裙时，还要注意用化妆来补救。眉、眼、唇等部位的化妆应注意强调，才不会让花色独占优势，抢去风头。

女人比男人有耐心的地方，就是打扮起来经得起琐碎。

男人为了约会换掉三条领带，女人恐怕头天晚上就将衣橱里好看的衣服统统试穿一遍。第二天穿上昨夜精挑细选的那一件，仍不满意，再乐此不疲地重新来一遍。

男人哪知道女人的这份辛苦，看着她一袭花裙没心没肺地出现在你面前，背后的代价与心力你哪了解去!

扮美赴约，成了女人一生的事业。若因为搭配邋遢，错过某个好男人，总有些不能甘心。

女人不想功亏一篑，为男人费尽心机、绞尽脑汁地将花花绿绿、姹紫嫣红精致穿上身，谁叫男人天生喜欢貌美如花的漂亮姑娘呢！

[小笔记]：身材臃肿、肤色不佳的人穿花色是出力不讨好的事。样式、花纹稍一不妥，就会显得俗不可耐。花色要素色配最安全，或者素色的配饰、腰带都是不错的点睛之笔。

郁葱葱的绿，爱过恨过还是爱

把朋友送的草本植物放到窗台上，阳光打下来，折出熠熠暖暖的光，屋子里立刻就蓬荜生辉。

有了那一盆盆郁葱葱的绿，再华美的装饰都敌不过。

热爱花花草草，是女人的情趣，调养身心，不亦乐乎！

看着花开不败，郁郁葱葱、洋洋洒洒点亮昏暗的小屋，一天都有好精神。

最怕的是看着它们凋落。

那绿意刚刚涂满墙壁，一不小心，水灌多了，那条绿色的小命便呜呼了。

无不痛心！

女人都有养花草的经验，其中多半又是最失败的经验。亲手杀死的绿色小生命不计其数，罪该万死。

亦舒说起她的养花经验，只一个字：恨。

“我有双怎么样的手呢？连养石卵都会养死，别说旁的了。每有植物莅临寒舍，几乎跪下来拜拜，别死别死，到头来还是无疾而终，气数。”

这样的心情，多半女人都有。

最羡慕那些能把花草妖魔化的巧女人，要长便长，要短便短，任由她们摆弄。

笨女人只好眼看天花板，发恨。

亦舒最崇拜那样的女人：

“植物仿佛都听得懂她的话，一盆盆稠密稠齐，欣欣向荣，郁葱葱的绿，叶子挤得几乎容不下盆，边沿都是卷曲的，来不及长出来迎接阳光与女主人……她说多淋水，叶子便往下挂，垂得似纱帘；少淋水便往上长，疯子似的听命令……”

这一手绝技快要令不懂养花之道的人心生妒恨。

巧女人生活起来有滋有味；笨女人亦不甘心，只要有这颗郁葱葱的心，足矣。

有多少恨藏在这郁葱葱的绿里。恨过之后，还要热血沸腾地爱。

女人最无可救药的便是：爱过恨过之后，还是爱，还是爱。

[小笔记]：郁葱葱的绿最提色，白皮肤的最占便宜，能把绿穿到极致。绿色于女人都是朝气，穿上它，活蹦乱跳。

绿，处处怜芳草

年少时暗恋一个人，问那人：你喜欢哪种颜色？

他答：绿色。

从此便对绿色刮目相看了。

一看到绿色便想到他，那暗恋的滋味便是绿色。

那时着迷一切绿色的东西，还要暗暗记住每一条背景分析：

喜欢绿色的人，大多性情平和，善于克制，心绪不易烦乱，很少有焦虑不安或忧愁之感，充满希望和乐观，渴望事事更加美好，是属于典型的性格内向类型。

喜欢绿色的人社会意识比较强，态度认真。他们是和平主义者，和周围的人可以和睦共处，但是警惕性非常高，有些敏感。他们社交能力强，可以与人和谐相处，但在心底里他们不愿相信任何人。虽然喜欢与人相处，但他们更希望能够在大自然中与动物一起过着恬静的生活。他们害怕独处，喜欢群体的生活，也因此他们更擅长与周围的人保持良好的和谐关系。他们总是给人亲切温和的印象，容易让人信任。不过，因为他们对每个人的态度都差不多，所以有时候也容易让人误会，误认为是个八面玲珑的人。

喜欢绿色的人，待人礼貌，个性率直，基本不会掩饰内心的想法。他们会把自己的信念表达出来，并为了信念而努力。当问到自己的信念时，一般人都不太愿意说出来，但喜欢绿色的人对此却毫不掩饰。

喜欢绿色的人好奇心强，但不会积极采取行动，大多时候都要等同伴的召唤再一起行动。他们不愿当领头羊。

绿色又分很多种，比如黄绿、苹果绿等，绿中带黄。喜欢这种绿的人友好、圆滑，与喜欢普通绿色的人相比更善于社交。这种人行动力强，但性情温顺。

此外，喜欢深绿色的人沉着、冷静、干练且性格温厚……

怀揣一肚子的色彩理论，英雄却无用武之地。

正欲对男人进行色彩分析时，男人送来了结婚喜帖……

喜欢的男人要结婚了，新娘却不是你。记忆放到日后回味，加了一点色彩作料，是玩味，是分享，又是一个略带滑稽的小玩笑。

关于绿色的心情故事，还要提一位五代的诗人牛希济。

牛希济的《生查子》中有句好词——

语已多，情未了，回首犹重道：“记得绿罗裙，处处怜芳草。”

这阕小词写满离情，女人送别情人时，语已多，情未了，她不忘叮咛：记得我穿的绿色罗裙啊，不管你走到哪里，看见地上绿色的芳草，就想起我。

刻骨的相思都浓缩在这两句淳朴的诗句里，叫人看了会心一笑。

记得绿罗裙，是俯拾可得的印象；处处怜芳草，是弥天漫地的相思。

情人之间的别离，因这一点绿意，描写得透彻细腻。女人的小心思一览无余。

绿色跟感情混为一谈，倒也生出些回味和希望。

[小笔记]：以前有句俗语：红配绿赛狗屁，红衣配绿裤就别想出门了。如今，绿色时尚惹眼，穿好了反而不落俗套。即使红配绿也能成一道亮丽的风景。

2 小旺夫笔记 紫

紫，并无快乐的某种热闹

紫色不是一个不假思索就能穿上身的颜色。紫色貌似安全色，不至于太红太炫，又不至于太黑太闷。心情落差之间，紫色都会相得益彰。其实却不然。紫色有些独特，能与之相配得高雅的颜色必须保持安静和纯净。被穿得好看的紫色最容易引起其他女人的羡慕和嫉妒，但是却极难模仿，因为高贵的紫色很挑剔。纯度越高的紫色越需要纯净和明度高的肤色相匹配。这样总要排挤掉一些肤色不好的女人，于是有些人是恨紫色的。

在任何季节，紫色都不会显得不时尚，但它也并不会成为时尚的热点。热点是属于大众的，紫色却不是。拥有纯净和明度高肤色的女人当然小众。

在德国的色彩文化中，紫色是一种让他们且爱且恨的颜色。紫色是感性和理性的混合体，是热烈与放弃的奇妙统一，能幻化出一种独断的魔力。歌德曾说，紫色是“并无快乐的某种热闹”。细细品味，歌德其实是在对于紫色的题目和忧郁做了一个准确的描述，颜色的诞生是无意识的。在歌德眼中，紫色却带上了某种情绪，就像一首淡淡抒情的诗歌，又哀伤又美好。

日本女作家清少纳言说：“凡是紫色的东西，都很漂亮，无论是花，或是丝的，或是紫的。紫色的花当中只有杜若这种花的形状，稍微有点讨厌，可是颜色是漂亮的。”她对紫色的偏爱，就如同她的文字——清洁透明，没有经过压抑和隐晦的处理，但是，却绝不容易亲近。她本身的文字气质便是紫色的气质——高高在上的独美，无法掩饰的逼人贵气。清少纳言这样描写高雅的东西：穿着淡紫色的衬衣，外套又套了白皙的罩衫……这份雅致，扑面而来，叫人心生向往，难以抗拒。

对于紫色，很少有人能持冷漠的态度，它不是一种喧闹的色彩，但却有种沉静的帝王之气，令你无法忽视。遥望紫禁城，你总会肃然起敬。只要看看紫色与红色相处的局面，你就能发现它比红色更轩昂。紫色，有股朝内吸纳的沉郁，像极了可以永远沉默下去的秘密。那种帝王的缄默和忧郁，以及能使得红色也不得不安静下来的华美。紫色偏冷，红色偏暖，紫色却能令红色安静下来，它的冷比红色的暖更醒目、更内在，这便是紫色奢华的基因。

酷爱紫色的人，必定是个对美极其敏感的人——她挑剔，独特，高雅，充满艺术气息，偏偏又是高贵得不易接近，生出莫名的疏离。

紫，就是这样矛盾，喜欢又不易亲近，热闹却并无快乐，忧郁却又让人欲罢不能。

[小笔记]：紫配红，成就大红大紫，不够霸气，不敢轻易挑战。紫配金，绝对时尚，紫色裙装+金色腰带，令回头率飙升。肤色晦暗的女性那就戒掉紫色吧。

紫色，女人心事

紫色的葡萄，有点平常，想起来，嘴里会忍不住地发酸，有点不稀罕。

紫薯就有点特别了。吃惯了白薯、红薯，突然看到紫薯，那味欲就被勾出来，非要一尝了事。

还有一种紫红色的“心里美”，切开之后，那色彩图案，看着就起了食欲。跟白萝卜比起来，“心里美”不知要高贵多少。

若再提起紫罗兰，那气氛又是别样玄妙。

还有不喜欢紫罗兰的女人吗?

还有薰衣草、紫水晶，想必都是女人的最爱。

紫色就是这样玄奇，它可以平淡无奇，又可以牵人魂魄。

苏苏从不穿紫色，她嫌那颜色不好搭配，从不把它穿上身。

有一季流行紫色，紫衣紫裙、紫靴紫鞋、紫耳环紫项链……搞得苏苏快要崩溃。没有一件紫衣，落伍整整一季。

可不喜欢，穿上亦不自在。

就像喜欢一个人可以有N个理由，不喜欢却只有一个：就是不喜欢!

扬扬却爱死了紫色，她觉得紫色很女人，带点神秘，最是她向往的。各种能有的紫色衣服装饰，她全部一网打尽。

对紫色的好恶，透露女人的心事。

不喜欢紫色的人，其实喜欢在恋爱上采取主控权。不仅为爱要求对方改变，甚至还会依自己的意愿努力改造对方。在爱情上的强势会令对方望而生畏。讨厌紫色的人又会超级自信，即使对方离开，他们也并不会太难过。

而喜欢紫色的人又会完全不同：他们喜欢追求完美，又对自己极为苛刻。他们总要表现得更好，无论是在信仰、情感或是精神方面。喜欢紫色的人总是能交到很多朋友，他们总是考虑别人比考虑自己为先。他们容易多愁善感，机智中带有感性，观察力敏锐，又有艺术家的气质。自认平凡，但相当有个性。在公开场合中显得沉默而内向，有时给人难以接近的感觉。喜欢紫色的人，内心非常坚强，外表却很平和沉静，对算命、卜卦以及眼睛看不见的神秘力量怀有浓厚兴趣，容易相信这一套。对于能够在自己心灵深处唤起共鸣的事物，会不顾一切地为之感动，并热烈地向往，有点神经质，又很有人情味……

两种心情、两种心态，决定因素源自性格。

苏苏和扬扬对紫色的两种好恶，两个极端，性格也相去甚远。

传说张曼玉最爱紫色。那样一个极品女人，从她的故事中又能略知紫色的玄奇。

男人其实可以悄悄会意：紫色，透露女人心事。

若把紫色用在男人身上，是否也会有惊人的相似？

[小笔记]：紫色穿得好俏丽，穿不好老气。千差万别的紫色挑选起来总要头疼。肤白，可以挑战深紫；肤深，紫色便要小心。一身紫衣，裙装最宜，若要搭配其他色系，可要好好讲究一番。

紫衣女人

在三毛还是二毛的时候，极爱粉蓝色。

那一年，三十六岁的母亲要带三毛去参加同学会，为了体面，母亲特意自己动手为孩子做新衣。

三毛兴奋地想要一条粉蓝色的裙子。当她放学回来，看到母亲居然在缝一件白衣裳时，她立刻哭了："怎么是白的?！怎么是一块白布?！"

灯下的母亲像做错事般低下了头，接着在白色连衣裙上加了一圈紫色的荷叶边。

这样一配，三毛更沉下脸来："这种配法是死——人——色！"

母亲立刻解释："妈妈没有其他的布，真的！请你不要伤心，以后等妈妈有钱了，一定给你别的颜色的衣服……"

三毛不肯穿，僵持了好一阵。

母亲对那次的同学会格外用心，精心准备。原来她极爱紫色。

"母亲穿着一件旗袍，暗紫色的，鞋是白高跟鞋——前面开着一个露趾的小洞。一丝陌生的香味，由她身上传来，我猜那是居家时绝对不可以去碰的深蓝色小瓶子——说是'夜巴黎'香水的那种东西使她有味道起来的。看得出，母亲今天很不同。"

在三毛眼里，母亲这个紫衣女人有着别样的美丽。

临行前，母亲还为三毛在短发上扎了一圈淡紫色的丝带，又拿出平日不穿的白皮鞋和一双新袜子弯腰给她换上……

紫色配白色，母亲信手就来，三毛却大喊死人色。

做母女的喜好向来不搭，母亲用她喜欢的颜色来装扮女儿，却没有几个女儿会领情的。母女之间关系的疏密总是从颜色开始的。

母亲的同学会最终因为一场大雨未能成行，母女个个淋成落汤鸡，三毛这才发现，那圈荷叶边的深紫竟然已经开始褪色，沿着白布，在裙子边缘化成了一摊一摊朦胧的水渍。母亲唯一的一身好旗袍、暗紫和白色高跟鞋通通毁于一旦……

紫衣女人、母亲年轻的容貌，还有那条褪色的带紫色荷叶边的白裙，深深地印在三毛的学生时代。

任何时候回忆起来，都是一个紫色的略带遗憾的故事。

偏偏母亲已记不得了，对于那场未能成行的同学会，许多年之后三毛再提起，母亲竟然说没有印象了。

母女的世界就如那件紫衣，一个女人印在脑子里的刻骨铭心，另一个女人不经意地就忘记了。

悠长的岁月模糊了母亲的记忆，对少时的孩子来说，愈久远的却愈清晰。

少时的回忆总是寂寥，失去踪迹的故事再回忆起来是含混、没有共鸣的。

若母亲记得，那又如何呢？

[小笔记]：对颜色的深情任何时候都是一段好的记忆，曾经厌恶和喜欢的颜色交织在一起，就是平凡又多彩的生活。

3 奶茶性格笔记 白

小白脸，荒谬!

大学同学莉莉嫁了老外，一天与她通话，正聊着她老公夺过话筒跟我打招呼说："hi，I'm LiLi's white face。"我不禁哑然失笑，原来他也懂"小白脸"的典故。

当然是一句玩笑。

想起徐志摩写给陆小曼的情信中，开起了胡适的玩笑，他写道："眉：我在适之这里。他新近照了一张相，荒谬！简直是个小白脸儿哪！他有一张送你的，等我带给你……"

胡适英俊，徐志摩将他比作"小白脸"却是真心赞他。徐志摩在北京教书的那段时间曾一度吃住在胡适家，他们之间有足够的默契开这样的玩笑。

说起"小白脸"这个典故，晚清小说《二十年目睹之怪现状》第四九回，曾提到："凡做恩相好的，必要这客人长得体面，合了北边一句话，叫作'小白脸儿'，才够得上呢。"

明代白话小说集《警世通言》卷三十二，冯梦龙的代表作《杜十娘怒沉百宝箱》，正讲述了杜十娘与"小白脸"李甲的故事。

名妓杜十娘虽沦为烟花女子，但痴情善良，不慕浮华，总想寻觅一个知心伴侣从良成家。她看上了风流倜傥、一表人才，又极有温存性格的国子监太学生李甲。杜十娘与李甲真情相恋，从此她便盼着李甲能早日将她赎出，换取自由之身。李甲四处筹不到钱，颓丧发愁。杜十娘心疼他，便拿出自己多年积蓄的碎银，交与李甲为自己赎身。赎身之后，二人立刻拜天地成了亲。谁知淮阳盐商孙富也看上了杜十娘，他找到李甲，劝他若纳青楼女子为正室夫人，必当传为笑柄。李甲也深知自己那严父得知他娶了名妓定会与他断绝关系，便有心将杜十娘以千金卖与孙富。杜十娘得知自己被卖，犹如五雷轰顶，万念俱灰。在李甲与孙富交易时，她将自己多年积攒的百宝箱公之于众人，不下万金的百宝首饰令李甲与孙富都惊住。杜十娘怒骂李甲有眼无珠，见利忘情，便怀抱百宝箱，纵身跳入江心。李甲归家后，终日愧悔，患了精神疾病，终身不愈。孙富闭眼就见杜十娘围随身旁，痛骂淋漓，也郁郁身亡。杜十娘明珠美玉投于盲人，以致恩爱变成仇恨，深情万种，化为流水，成为千古遗恨。

本是一对才子佳人的好姻缘，就因“小白脸”李甲的见利忘情，落得抱憾而终。从此“小白脸”便成了靠女人养的自私男人的角色，让人不屑。

“小白脸”虽不讨好，却又有着致命的吸引力，女人常避之不及却又深陷其中。“小白脸”大多外表出众，风流倜傥，叫女人一见倾心。若再会些甜言蜜语，女人就心甘情愿地为他付出所有。一旦男人变心，才开始后悔当初的倾其所有。再睿智的女人都有被“小白脸”迷惑的经历。

宝马集团女继承人、德国女首富苏珊·克拉腾就曾掉入“小白脸”的温柔陷阱，而惨遭诈骗。在奥地利的一个温泉疗养胜地，文质彬彬的“小白脸”斯加比前来搭讪，他将自己扮演成一名瑞士政府的特别顾问，并不断制造偶遇，令已婚的克拉腾彻底坠入瑞士“小白脸”的温柔怀抱，只是她不知他们数次幽会欢爱场面都被斯加比悉数摄录下来，并制成性爱光碟，以6200万美元敲诈。此事一度成为报刊头条，令克拉腾备受煎熬。四十几岁的斯加比身材高大、仪表堂堂、谈吐不凡。他擅长英、法、德、西、葡、意六门语言，良好的教育背景和从业经历成为他行骗多年并屡屡得手的“护身符”。最后克拉腾不得不向家人坦白，选择报警，最终“小白脸”斯加比被绳之以法。

女人的弱点，就在于经不起男人的吹嘘、殷勤和浪漫。这些小伎俩被颇有才华的“小白脸”掌握，女人便再也不是其对手，一败涂地。

爱情中总是充满饥渴与贪婪，再加上女人的虚荣，爱情便成了件危险的事。女人总期待男人捧着一杯温暖的茶，随时随地恭候，而对于英俊的“小白脸”，半杯茶送来已是欢愉。

都说男人是感观动物，女人也好不到哪儿去。尤其爱幻想的女人，即使她们手中已有满满的一杯茶，还渴望再要那半杯。爱情的浓茶永远填不满，这层心理被“小白脸”识穿，女人哪逃得了他的温柔乡。

如今“小白脸”并不吃香，型男猛男更具看点。其实女人被男人的外表牵着走，终会成为她的负累。

[小笔记]：“小白脸”不流行的时候，男人喜欢把皮肤晒成古铜色，急于摆脱“白”的形象。可见男人也嫌弃“小白脸”。男人“MAN”一些，少一点娘娘腔，对女人来说求之不得。

白色情人节，至死不渝

2月14日情人节那天，男孩给女孩送礼物（一般为巧克力）。经过一个月的小思小虑，到了3月14日那天，如果女孩回赠男孩礼物（一般送花），就表示女孩认可男孩，可以谈恋爱了。3月14日就是白色情人节。

为何把情人节定义为白色？总觉得苍白。

原来白色源自一个悲情的传说。

相传，公元三世纪时，罗马帝国皇帝克劳狄二世在首都罗马宣布废弃所有婚姻的承诺，下令全国男子都要从军。一名叫华伦泰（Sanctus Valentinus）的神父没有遵照这个旨意而继续为相恋的男女举行婚礼。事情被告发后，华伦泰神父被罗马政府逮捕，最后在公元270年2月14日这天被送上了绞刑架。而就在一个月后的这天，3月14日，这对获救的恋人宣誓恋情将至死不渝。为纪念这天，便把3月14日定为白色情人节。

无可考证的一个传说，但只要悲情唏嘘便是个好故事。

至死不渝的恋情令人感动，冒死为恋情做见证，更难能可贵。

白色情人节，既是情人的节日，又透出一丝凝重，还真纠结。

相比2月14日情人节的浓烈，3月14日的故事该是一份肯定和延续。若这一天收到了对方回赠的礼物，皆大欢喜。甜蜜约会的日子，还有浪漫、小惊喜、奢侈品……应有尽有，要忙到腾不出空闲的手来抓了。

除去2月14日的情人节、3月14日的白色情人节，其实一年里每月的14日都是一个情人节，它们各有各的来历——

1月14日 Diary Day日记情人节。

2月14日 Valentine' s Day传统情人节。

3月14日 White Day 白色情人节。

4月14日 Black Day黑色情人节。

5月14日 Yellow &Rose Day 玫瑰情人节。

6月14日 Kiss Day 亲亲情人节。

7月14日 Silver Day 银色情人节。

8月14日 Green Day 绿色情人节。

9月14日 Music &Photo Day 相片情人节。

10月14日 Wine Day 葡萄酒情人节。

11月14日 Orange & Movie Day 电影情人节。

12月14日 Hug Day 拥抱情人节。

所以说情人最幸福，每个月都有他们的节日。

成为情人的乐趣又远不止这些。

男女热衷恋爱，历久不衰，总有原因。

[小笔记]：感情笃定就不必拘泥于情人节，若是两人刚刚开始，那么任何情人节最好都不要放过。白色情人节是趁热打铁，付诸行动，总有收获。

花白，中年男人的死结

男人到了中年最怕头发花白。

偶尔一两根白色冒起干脆拔掉，花白就讨厌，非得染。

遇到了对染发剂过敏的，那便只有硬顶着一头花白，未老先衰。

有一款少女，偏爱这一头花白，自认这是熟男的味道。

李碧华却说：“人们觉得头发花白的中年男人有型，不，得配合其他成就，否则便似甩色后的假发菜。”

师奶总是一针见血，非要捅破这层窗户纸，弄得男人颇没面子。

少女爱上中年男人，总有爱意支撑吧。

若中年男人没钱，那爱意就另当别论了。是打折还是直接清仓，都未可知。

不是少女势利，是她们嫌那一头花白似甩色后的假发菜。

作家六六接受采访时说：“如果女孩子在二十几岁青春靓丽时会喜欢一个中年事业有成的男人，这明显是一种交换。如果称它为爱情，至少我认为不那么纯粹。如果你让我实话实说，我说他俩不是爱情。这种搭配，叫搭顺风车，和爱情一点儿关系都没有。”

少女恐怕不爱听这话。谁不喜欢纸醉金迷？放着捷径不走，偏绕远路，那是傻瓜和顽固！

少女的心思不必猜，自有她的主张。

只是替中年男人叫屈：同是一头花白，有成就的叫有型；没钱的就是甩色后的假发菜。

怎不叫人惆怅？

花白，成了中年男人的死结。

[小笔记]：遇到花白，款式就颇为挑剔。本身已老态，款式再不讲究，叫大叔都不够资格了。花白，始终是个不讨好的颜色，还是摒弃的好。

纯白，天使还是小三？

一袭纯白，裙摆飘飘，再配上年轻面孔，稍有几分姿色，可谓天使。

浓妆淡抹总相宜，天然去雕饰。

这便是天使，女人见了一眼还要多看；男人见了即刻恨不能据为己有。

纯白的天使，蛊惑众生，不用演绎，已是千娇百媚。

最近有位歌手在微博里声明，他的女友不是小三，是天使。

立刻招致网上骂声一片，评论无数。

歌手的女友出道不久，演了几部戏，还未成名。自男人离婚后便与男人公开恋情，招致“小三”头衔。男人成名已久，闯荡娱乐圈多年，气不过网上的谩骂，公然写博，为女友不平。

论长相，女友不折不扣是天使；论身份，恰好男人离婚后就与她在一起，小三身份可疑。爱八卦的看客，自然不买账，天使便宜了那丫头，叫小三才解气。

八卦精神就是这没来由的气，关已何事？偏生气。

在歌手心里，女友当然就是天使，当着众人面执意要说出来，是替女友出气。

又是气，气来气去，成了一出江湖好戏。

有一部电视剧，带火了房子和小三。剧中姐妹俩，姐姐打拼一辈子，换得一套贷款房子；妹妹生得如天使，做了小三，房子车子全有了。看得人心酸，凭什么奋斗一辈子才换一贷款房，凭什么当了小三就不劳而获，女人想有的什么都有了？

很多年轻姑娘替小三说话：那是羡慕、嫉妒、恨。年轻靓丽，找一中年事业有成男，怎么就惹着谁了？

又是一场骂战。硝烟弥漫热热闹闹就好，才不管什么道德底线。

时下的“天使”早把小三重新定义：

小三早已不是以前那种咄咄逼人、寡廉鲜耻的第三者；现在的小三是“梦游娃娃”，有一点茫然，一点柔弱，不会歇斯底里，不会疯狂反抗，笑容甜美，声音温柔……

这样的小三，哪个男人不爱？

现在的小三是貌美如花，以爱的名义出现的，又恰逢合适的土壤，一时疯长，日渐茁壮。

小三若跟天使画上等号，这样的女人，岂止蛊惑众生，翻手为云、覆手为雨都不在话下。

你一定听说过这样一句话：“当下，没有破坏不了的婚姻，只有不努力的小三。”于是，小三们努力变成天使，那是女人的造化。

若没有这个造化，就别瞎折腾，做个平凡的女人，也不会成为笑话。

最怕的是那些不甘平凡的女人，仗着有点姿色拼命做小三，一步上位，梦想换来一生荣华。

鲜花盛开，花开则败。

男人深知这一点，他们买最美的鲜花捧着，手留余香。

最美的鲜花又能开得过几季？

有些女人却不知。

[小笔记]：纯白是送给年轻女人的礼物，穿上纯白就是天使。若过了花季，再穿纯白，只会尽显苍白。纯白与苍白，对于女人，不是颜色的差别，是身份的转换。

男人穿白，矫情

琼瑶电影里，男人总是一身白西装来扮白马王子，引得每个少女都发春梦。

那个时代，好看的男人就是一身白。

如今再来看，一身白的男人总有些不合时宜，好似一出滑稽戏。

亦舒说：男人穿白最矫情，一种幼稚的炫耀。成熟男人多数已返璞归真，不必靠一套白西装吸引注意力。

可见亦舒比琼瑶又新一代，两人从年龄上几乎差十年。怪不得她不愿跟琼瑶相提并论，“香港有亦舒，台湾有琼瑶”的提法，她最反对。她甚至说：“那个琼瑶，提了都多余。”但她承认琼瑶有琼瑶的本事，把“那一路”小说写到了尽乎顶点。

想是一句玩笑，一笑而过。

男人穿白，矫情，可偏在婚礼上，男人还是要矫情一把，扮一回白马。

女人穿白，却美。

从最简单的无袖白裙，到华美高贵的婚纱，女人都游刃有余，可圈可点。甚至男人的一件大码白衬衫，女人都能穿得好看。

电影里最常见的戏码，就是女人初到男人家过夜，穿着男人的白衬衫，露出光洁的大腿，最是诱惑。

白色于男人，是一种幼稚的炫耀。

白色于女人，却是锦上添花，恰到好处。

男人穿白，除了矫情，还有致命的尴尬。掀开衣领，那一抹黑黑黄黄的泛油的污垢，再爱他的女人都会魂飞魄散。

男人还是返璞归真的好，靠白西装吸引女人，早过时了。

[小笔记]：男人穿白，非要搭其他色才体面，白色作点缀最好，非要做主角，一定矫情。

奶白色，贪靓又贪吃

无可救药地喜欢奶白色。

既好看又好吃的颜色只有这一种。

奶白色，是女人脸上最好看的肌肤。

——莹白如瓷，熠熠生光，经得起近看远观，经得住百般挑剔。

有牛奶的白，瓷器的润，这等绝妙的皮肤女人朝思暮想，仿佛拥有它，便对得起今生。

杂志刊载了90后男生的择偶标准，醒目的一条便是：要有细腻白皙的皮肤。

小男生都挑剔成这样，更何况老男人。

可望不可即的奶白色，得到就是魅惑，得不到便是折磨。

奶白色不只好看，它还有另一面。

奶白色，是妈妈炖的热腾腾的鱼汤。

——色泽如奶，香气扑鼻，喝上一口，大快朵颐。

妈妈的鱼汤经得住一喝再喝，那味道已融进岁月里，成了记忆中最美的赏味。

奶白色，还是甜品店里造型别致、口感诱人的蛋糕；哈根达斯入口即化的冰淇琳；小时候天天嚷着要的大白兔奶糖；躲在巷口怦然心跳、香气满溢的爆米花……

大把香甜难忘的记忆都是奶白色。

又贪靓又贪吃。既要满足虚荣心，又要实在地填满口腹之欲。

女人的欲望就似无底洞。

左手奶白，右手奶白，能占为己有的绝不放手。再腾不出手抓住什么时，心里还要惦记。

女人的心细，就是惦记，是还要抓住什么藏在心里。

奶白色原来只是引子，引出了女人的心腹之欲。

[小笔记]：奶白要比纯白自然，不像纯白那么愣，年龄跨度又宽，熟女穿奶白也有光彩。奶白色婚纱亦是最好看。任何年龄段的女人挑奶白色，都不大会出错。

4 小黑裙笔记 (黑)

黑色，雌雄同体的尤物

黑色高贵、经典、庄重、深邃、沉稳、冷酷、严肃、神秘、隐蔽、暗藏力量又不可亲近。带着天生的距离感、压迫感席卷而来，无处不在。

喜欢黑色，就在它深邃神秘、暗藏力量的特质；不喜欢黑色，也在它的纯粹彻底、不留余地。

凡是与黑色沾边的东西，总有些落寞、不安。黑社会、黑金、黑匣子、黑色幽默、黑色星期五、黑色收入……在西方文化中，黑色一般代表贬义。黑色在绘画、文学作品和电影中常用来渲染死亡、恐怖的气氛；黑色又是哀悼的颜色，葬礼上清一色黑服。黑色中这些不好的一面，难免令人泄气。

尽管黑色有许多负面的解析，但它仍由内而外地散发出一种浪漫诗意的特质。黑色所表现的强烈内涵是多层面的，其蕴含的感情甚至是矛盾的。一方面是积极的，折射出庄重、严肃、坚毅、神秘、沉思；另一方面又是消极的，使人联想到黑暗、恐慌、冷酷、悲痛、罪恶……正是由于它的多面性，才令它有着翻手为云、覆手为雨的吸引力。

在理论上黑色不是一种颜色，但是在时尚界，它已经成为最独立、最无法替代的色彩。它是所有设计师的必经之路，也是所有精于衣道的人最常选用的颜色。对于男士，黑色更是盛装的用色。黑色常常代表昂贵，永不过时。人们终于懂得放弃才是一种真正的优雅，当所有的华彩被放弃时，黑色的光辉无声地弥补了一切。

黑色仿佛是雌雄同体的尤物，你可以说它是美人，高贵经典的美人；也可以说它是绅士，冷酷跋扈的绅士。它的中性身份，叫人为它彷徨而又留恋。而黑色难以忘怀的惊艳都是由女性来完成的。女人天生就亦刚亦柔，正如黑色，具备永不肯老去的韧性。黑色为女人带来的经典在时尚界无以取代。

葛丽泰·嘉宝的黑色是她隐居生涯的一部分；奥黛丽·赫本的黑色是简约、灵气、经典，将女人的优雅演绎到极致；安娜·卡列妮娜就是凭着一袭高贵精致的黑裙击败吉蒂，赢得渥伦斯基；法国针织女王Sonia Rykiel谈到色彩时说："我总是拿起右手边的颜色就用，我喜欢用黑色，它是女人的颜色。"还有Coco Chanel 那永不过时的小黑裙，是尊贵、优雅、睿智、知性，还有一点点神秘莫测的黑色……黑色诠释的经典远不止于此，但已足够让我们痴迷。

女人为我们创造了"黑色即是永恒的诱惑"这一信念，用黑色塑造了女人的性感魅惑。

黑色在时装国度里有着颠倒众生的气魄。它代表着都市气氛：冷酷、直接、干脆、疾步向前的时代速度。黑色神秘、贵气、高调、耀目，强势诱惑到了极点。看看本季T台上的黑色，你会发现有太多黑色的倩影闪烁其中，光滑的丝缎、修长的轮廓、果敢的帅气，还有那神圣的性感……黑色从来就不是T台上无足轻重的友情客串，它从来就是永不谢幕的主角。

黑色的多面性令黑色系的服装搭配也不容小觑。黑色是收缩色的代表，可以显瘦，但身材过瘦、过胖都不宜穿着。穿黑服装讲究的是它的轮廓形状，造型突出，才会出色。天鹅绒面料最能使黑色得到充分表现，富有高贵感。这一季的时尚热点非天鹅绒莫属。喜欢穿旗袍的女性，如果外头搭配一件黑丝绒外套，立刻就让人刮目相看，那是一种端庄与慎重的打扮。棉布的黑色会有朴素感；乔其纱的黑色透明，富有轻快感；还有很多带反光涂层的面料，黑色会加强服装的视觉冲击力……

黑色在作为色彩单独使用时，应适当用亮色加以调节，黑与红、黑与白是永恒经典的搭配；黑与浅黄、橘黄的组合会产生摩登感；黑与深红的组合会产生庄重感；黑与蓝的混搭显得深沉、冷峻；黑与金的搭配高贵、庄重。

当黑色以大面积上身时，配饰和妆容尤为重要，黑色可以把所有的光彩都吸收掉，所以脸上的妆容过淡，只会落得沉闷的下场。闪亮有质感的首饰同样可以提升黑色的诱惑力。

奥黛丽·赫本为我们塑造了小黑裙的经典造型——身穿黑色紧身长礼服裙的赫本，以曼妙的身姿，完美诠释出“优雅”二字。贴身小黑裙沿着身体的曲线流泻而下，清晰展现出女性完美的体态，将纯洁与性感融为一体。知性外露、散发优雅风韵的黑色经典引领着时尚潮流。凭借小黑裙，赫本的优雅气质永不落幕，成为几代人争相模仿的典范。

一款经典的小黑裙该是女人衣橱里的首选装备，再不爱打扮的女人也该拥有这一身。发誓不爱黑色的女人，也独钟情经典小黑裙。看腻了一波又一波的喧嚷浮华，令人难以忘怀的仍是黑色的优雅。

没有什么也可成为永恒，黑色却颠倒众生地成就了永恒。爱美的女人谁会不知这个不老的传说？

[小笔记]：黑色可以包容肤色，只要你有足够的亮点搭配。包包、鞋子、饰物、腰带、指甲油……所有能用得上的武器都可以用来装备黑色。衣橱里还没有一条小黑裙的女人至少该打五十板子。但若没有足够的气场驾驭，黑色只会让你黯淡无光、一败涂地。

低调，孤独，死亡，黑色

“你在我生命留下的痕迹，你看不到，我也看不到。但我知道，紫色蝉大，在某一个宁静时刻倒影就会浮现，从血里生长是我生命中的毒，并与此肉身同腐。那时如果有人纪念，就会说：这里埋葬了一个女子和她紫黑色的隐痕。”香港女作家黄碧云用紫黑来白描女人，温柔却暴烈。

好色的男人多数仰慕红粉女人，他们会不客气地揶揄紫黑女人：没事别跑出来吓人。一个男人的刻薄总会在另一个女人身上撒野。有心机的女人便华丽褪色，换上红装，把过往的黑色无情地抛弃，以此博出位，赢得男人心。

却还是有一些女人不屑那种仰慕的眼神，潇洒地披着一身黑色，我行我素，倒也痛快。

五十岁的黄碧云，一身黑色，黑衣、黑裙、黑鞋，头发上别着一朵黑色大花，戴着黑色墨镜，还有黑色挎包。这是女人最低调的装束。她总会被问：为何身上没有颜色？仿佛她是个隐居客。她的岁月、她的私生活，都没有真相，只有书中那些残酷悲伤的文字，吐露她的心境：“请为我的灵魂点一支蜡烛。我很想，有光。最后我看到了我要的手。明亮，黑暗。”

静静的黑色充满孤独，就像写作，笔下的嬉笑怒骂凝结在那个孤独的背影下，终叫人心疼。

有人把亦舒、李碧华、张爱玲此类冷色调的女子拿出来让黄碧云与自己做比较，她只淡淡一笑说：“文学的道路是孤独的，所以只有你自己。”她当然不愿比较，孤独之人何须比较？黄碧云创造了一种残酷的黑色写作，用零度情感冷冷写来，这是她的标签，里面依然有诡谲的笑靥，更有死亡。

七岁时就失去母亲的黄碧云，对死亡有更早的体会。五十岁的她还清楚记得四十多年前的场景。有一天家里很吵，从外面回家的她却觉得很开心，因为原有的安静被打破。她进到家门，有人告诉她：你妈妈死了。

“我不了解死是什么意思，我的家人叫我亲吻妈妈，我觉得她的脸很冷。”那是死亡，令她早熟，又给她空间和自由。

她说死亡是个文学命题，她要好好面对。因为现在了解时间有限，所以宁愿抛开不重要的事情。死亡是没有办法的东西。黑色是生死别离的那一刻，是千疮百孔的病态人生和生之幻灭。黄碧云的小说就是一部黑色电影，自内心升腾出的病态的幽暗意识都潜伏在字里行间，不免悲凉唏嘘。

低调，孤独，死亡，黑色，这是一个女人的命题。这样一个奇女子，她的内心却不能像黑色一样安定，她漫游天涯行踪无定。她说：“这些年来，我时常四处流浪，与家人甚少见面，而且风尘年纪令我与家人渐渐生分。他们甚至不知道我去了纽约，搬了屋，换了职业，回到香港之类。一夜我梦到了我的长兄，我跌跌撞撞，浑身是血，却碰到他。他看见我便抱着我，低低地道：‘妹妹，你发生了什么事情，为何你这样瘦？’我在梦中突然有被安慰的委屈，竟然号啕大哭，醒来脸上都是泪……因为对生命各种严峻而浪漫的要求，我不能够做一个快乐正常的人，这是我一生最大的失败与欠缺。我无法表达对长兄的歉意。我的写作沉聚了这些对生活的追求，我希望这可以成为一点点无用的补偿。”

读着这些文字，令人心酸，难怪她选择黑色，她有一个与众不同的家庭：母亲早逝，父亲是一个有暴力倾向的警员。她不隐瞒成长在一个暴力的家庭，暴力事件便是平常的生活。有一次因为她离家出走，父亲将她打得在床上躺了一个月。女人若被暴力缠上，噩梦会不请自来。她常常梦见“不知为什么事，心想死了，老爸回来了，一定打死我了”。这样的残酷，才令亲情幻灭，才有浪迹天涯与不羁叛逆。因此她笔下的男性无一例外地有着致命的弱点：猥琐怯懦、退缨软弱、始乱终弃，不仅愧对女性的爱慕与钦敬，而且只会给女性带来精神与肉体的巨大伤害。她撕掉伪人道主义的温情脉脉的面纱，暴露出生活本身血肉模糊的本质，却又写得沉入内心，令男性评论者难以置喙。

黑色的冷漠与纠结，用在女人身上，是心灵与肉体的伤害，唯有写作，打开心灵的窗口，吐出人性的颓唐。黄碧云把黑色演绎到极致，背后的血泪，不堪一提。

惊心动魄的黑色带来最彻底的绝情、绝望。女人选择黑色，她又是何等的暴烈与无奈，把低调、孤独、死亡背负于身，又要何等的坚强与刚毅。就是这样一个黑色女人，她说希望自己死时温柔而有尊严。正如她头发上那朵别致的黑花，你想要忽视的时候却看到它美丽的隐痕。

[小笔记]：黑色女人外表冷漠，内心却有千回百转的温柔渴望。亲情、爱情于她们是最可望不可即的东西。一段滋养的感情会令她们重生，曾经的伤害也令她们把自己的人生维系在痛的边缘。

5 暖心笔记 (黄)

柠檬黄，高贵一点点

一杯白水，廉价得有些上不了台面。

若放上几片柠檬，那样子就高贵了，称为柠檬汁，不仅价钱上去，身份也跟着飙上去，招待客人就显得体面了。

柠檬就有这个本事，只需一片，便令一切改观。

玻璃杯边的柠檬黄，高贵一点点，身价倍增。

李碧华说她是个柠檬迷。人家用鲜花香薰，但她喜欢用柠檬。

柠檬的味道是果香，不腻人，更芳香，更酸，更有实效。

未做过柠檬香薰的人，只须想象一下那个颜色，就已经是种享受了。

爱情里更需要柠檬黄，你高贵一点点的时候，爱慕的嗅觉才会闻过来。

样貌平凡的LILI嫁了一个英俊的老外，问男人LILI如何能吸引到他时，他这样答："第一眼见到她，觉得她的打扮很特别，不落俗套，穿的衣服都是牌子，瞬间你就会觉得她穿着很有品位，很会搭配，就很自然地想找她说话。虽然她不是我喜欢的那一型，但很意外我们相恋了。"

打扮是会给女人加分的，样貌平凡的女人懂得打扮也可以找到英俊男人，只要你有高贵的品位。

美丽是天生的，但好的品位会令你气质脱俗。

就好比一杯普通的白水，若搭配一片好看的柠檬，便会吸引多一点眼球，令一切改观。

女人需要那一片柠檬黄，不必天天柠檬香薰，但多加一片柠檬黄，却是女人日以继夜的功课。

美妙的一个点缀，调亮一片天空。

妒忌另一个女人君子好逑，不如暗暗学她的打扮。美丽偷不来，打扮的功夫却可以偷学。

女人做个柠檬迷其实不赖，轻易便可以添点色彩、添点味道，还添点身价、添些高贵……这样的美事，切不可错过。

贵妇不必做，高贵一点点，却是优雅女人的心经。

[小笔记]：柠檬黄，贵在它的亮色，是最妙的点睛之笔，若漫天漫地都是柠檬黄，高贵无迹可寻。女人不要贪满，点缀和搭配才是精华。

香芒色，女人驻足而满足的微笑

有一种颜色带有味道。

比如香芒色。一提起，芒果的香味立刻扑鼻。

带味道的颜色总是更吸引人。

“我们采下几颗还没全熟透的果实，放在窗棂上暖暖的日照里，两天之后，香气逼人。吃过芒果的手指，被芒果染成黄色，也被芒果的香气包裹着，这就是夏天。”

台湾女作家张曼娟至爱香芒色。她把香芒色称作夏天，“因为热爱芒果，对夏天总是心甘情愿地等待”。

女人常爱因物生情，一种色彩也能生出一段缘分。

张曼娟在香港中文大学执教结束，即将离港回台湾的那个夏天，教室门口的椅子上醒目地放着一个椭圆形的牛皮纸袋。拾起那个口袋，稍稍开个口，一股强烈的香气冲出来，竟是一袋黄澄澄的芒果。一个香港读者知道张曼娟即将回台湾，便送来一封简单的信和一袋沉甸甸的芒果，祝福那个夏天。

另一位朋友知道张曼娟喜欢芒果，特意订了一箱菲律宾芒果，搭火车送过来。十几公斤的箱子，他冒着烈日从火车站一路抱过来，送进门的时候，早已浑身湿透，只能喘气，一句话也说不出来了。

一个个感人的小故事，令香芒色成为一种恒久的记忆，也令张曼娟交到了两肋插刀的朋友和一辈子的知交。

记忆中鲜明的色彩令生命多出许多感动。

“也许有一天，我终于走失在人群中，已经老到什么人也不认得，什么事也记不住。如果有人要寻找我，也许就该往芒果树的方向走。那时候，我或许正因为一个孩子剥开芒果喷涌而出的香气而驻足，而满足地微笑……”

染上香芒色，品人生最爱的滋味，这便是一种幸福吧。

女人驻足而满足的微笑，不仅仅是源于一种喜爱的色彩，其中包裹的感动才是永恒的记忆。

[小笔记]：穿一袭香芒色，仿佛香气迷人一般。热烈的颜色会带出好心情，夏天的快乐便是可以肆无忌惮地把各种耀眼的色彩穿上身。

甲之黄脸婆，乙之狐狸精

路人甲黄脸婆，路人乙狐狸精同时过来问路，先答哪一个？

大度的人当然都会一一告之路线，只是对路人乙会说得更耐心、更详细。

不是好色作怪，美丑不同的东西总会影响心情。

若不是问路这样简单，场面换成相亲：候选人甲黄脸婆，候选人乙狐狸精，选哪一个？

那还用选吗？傻瓜都会判断。

更何况男人不是傻瓜。

女人也不傻，谁不想做养眼的那一个？偏偏生活琐碎、光阴荏苒，稀里糊涂地，竟变成了路人甲黄脸婆。

某日，路人甲黄脸婆和老公投宿旅馆时，想去洗澡却又担心道：“老公，我看报道，某些旅馆饭店都会有隐藏式摄像头，万一这家旅馆里也有这玩意儿，我被拍到了，可怎么办？”她老公一脸不屑，头也不回地说：“放心！像你这样的，即使被拍到了也会被剪掉！”

黄脸婆听闻此言，气极。

老公如此，孩子更不厚道。

某日，黄脸婆陪孩子参加学校的恐怖化装比赛。回来之后，黄脸婆大哭。老公问孩子：“你妈怎么哭成这样？”孩子说：“我们学校的恐怖化装比赛，我妈得了第一名。”老公一喜：“不容易啊，得了第一名！那她哭什么？”孩子答：“妈是去看比赛的。”

大哭、号哭、恸哭……各种哭法都尝试过了。黄脸婆想死的心都有了。

必须告别黄脸婆！女人们个个发誓，雄心勃勃。

找出内因：气血不足，雌激素下降，生活压力巨大……

了解外因：疏于保养，工作、家庭疲于奔命，老公孩子一把抓，不肯放松，不会打扮……

寻求措施：缓解压力，气血双补，勤跑美容院，工作生活两不误……

从黄脸婆到狐狸精，其实只有一步之遥，那一步便是女人的心态。

甘愿做路人甲黄脸婆，老公孩子再外加同事朋友轮番揶揄，也是徒劳。

时时自省的女人，才有爱美之心。

女人，女人，甲之黄脸婆，乙之狐狸精。对男人而言，宁选狐狸精，不选黄脸婆。

偷偷做他的“狐狸精”、做他的万人迷，或娇，或嗔，或痴，或怨，任你怎么折腾，他都心甘情愿套在你的情网中。

男人就是这么势利，他会把你当蜜糖，在你变成“狐狸精”的时候。

[小笔记]：被男人叫作黄脸婆的时候，女人该自责。怨天尤人，嫌男人凉薄，不如自己狠下心改变。从黄脸婆到“狐狸精”的优雅转身，才是女人真正的蜕变。

黄花闺女，男人的负累

不管文明多么进步，还是有男人会说：我要找个“黄花闺女”。

像男人这样的生物都会在人生的某个时期，纠结着这个情结。

有这样一个传说：

南北朝刘宋时，宋武帝有位女儿寿阳公主，生得十分美貌。有一天，她在宫里玩累了，便躺卧于宫殿的檐下，当时正逢梅花盛开，一阵风过去，梅花片片飞落，有几瓣梅花恰巧落在她的额头。梅花渍染，留下斑斑花痕，寿阳公主被衬得更加娇柔妩媚。宫女们见状，都忍不住惊叹起来。从此，爱美的寿阳公主就常将梅花贴在前额。

寿阳公主这种打扮被人称为“梅花妆”。传到民间，许多富家大户的女儿都争着效仿。但梅花是有季节性的，并不是一年四季都有。于是，有人想出了法子，设法采集花朵的黄色花粉，将其做成黄色的粉料，再用其将薄纸片、干花片、云母片、蝉翼、鱼鳞、蜻蜓翅膀等染成金黄色，剪成各种花、鸟、鱼的形状，然后将其贴于额头、酒靥、嘴角、鬓边等处。这些用黄色花粉染制而成的饰物被人们称为“花黄”或“额花”。

“花黄”的饰粉是黄色的，而采用这种装饰的大都是未出阁的少女（少女出嫁以后就要改变装饰，另作一番打扮，故古代民间有俗谚云："今朝白面黄花姐，明日红颜绿鬓妻。"）。"黄花"在古代又代指菊花，常被人们用来比喻品性的高洁。后来就有人把"花黄"两字颠倒，用在"闺女"一词前，便有了"黄花闺女"的组合。慢慢的，"黄花闺女"便成了未婚少女的代名词了。

其实贴花黄之风俗比刘宋时期还要早，北朝民歌《木兰辞》中有诗句："当窗理云鬓，对镜贴花黄。"而北朝早于刘宋，北魏一个普通民间女子早已贴花黄，可见这一风俗在东晋之前就很流行了。直至金、元游牧部落入侵中原后，这种习俗才渐渐消除。女人不再对镜贴花黄，但把未出嫁的年轻女子称为"黄花闺女"的这种称谓却保留下来。

古时未婚女子盛妆打扮，"贴花黄"是一道隆重的手艺活儿。用黄色颜料在额上或脸部两颊上精心画上各种花纹，也有用黄纸剪成各种花样直接贴于面上，再配上华服，异常美丽。男人自然也爱慕这样的装扮，只要看到脸上的"花黄"便知是未出阁的女人。

在"闺女"前面加上"黄花"二字，一是说未出阁，还暗指了女人保持贞节。所以男人钟情"黄花闺女"是理所当然的事情。只是男人惆怅这样的女人越来越难觅，如今更是打着灯笼也难遇了。

一个男人在与女友分手后坦言，他女朋友友承认自己不是处女，令他难以原谅，他说自己是农村出来的，贞操观念比较强，不是"黄花闺女"的女人他难以接受。

这个男人无疑是个原则性强的男人，可是你该替他高兴还是可悲？贞操观念成了他的负累，已将他自己几乎锁死。今天仍有这样的男人，即使他再才华横溢，女人遇到了也会立刻失去仰慕。

男人尊重一个女人，就看他的贞操观。只尊重“黄花闺女”的男人有何光彩可言？他只能沾沾自喜地把自己当作原则性强的男人，却没有勇气称自己为好男人。

女人把“黄花闺女”的头衔送给某个男人后，才知道好归宿不是靠头衔换回来的。付出和收获在爱情里从来都不是对等的事。

对“黄花闺女”斤斤计较的男人，没有理可讲，为他们的抛弃而伤心欲绝，是女人最不值得做的傻事。

[小笔记]：“黄花闺女”当然可爱，男人爱慕天经地义，但对此耿耿于怀，便是白痴。男人用“黄花闺女”来要求自己的女人，总是一厢情愿的事，最愚蠢不过。即使他找到这样的女人，仍能有大把抛弃她的理由。女人若遇到对“黄花闺女”执着的男人，立刻躲远些才对。

6 红尘男女笔记（红）

红杏出墙头，风雨替花羞

传说杨贵妃死后，唐玄宗对其念念不忘，派人去收敛遗骸，结果美人尸骨不再，只有杏花一片。于是杨贵妃就被民间尊为二月杏花花神了。并不太高贵的杏花和杨美人牵连在一起，立刻变得颇有情调，简直风流起来。

宋朝叶绍翁一句“春色满园关不住，一枝红杏出墙来”，本是说春色正浓，情趣盎然，可活脱脱、娇滴滴的那枝红杏，羞涩地伸出墙来，自然容易引出诸多遐想来。文人墨客哪肯罢休，揪着杏儿、墙的折腾没完。

唐朝吴融的《途中见杏花》：一枝红艳出墙头，墙外行人正独愁；宋无的《墙头杏花》：红杏西娄树，过墙无数花；宋朝王安石的《杏花》：独有杏花如唤客，倚墙斜日数枝红；魏夫人的《菩萨蛮》：隔岸两三家，出墙红杏花；张良臣的《偶题》：一段好春藏不尽，粉墙斜露杏花梢；陆游的《马上作》：杨柳不遮春色断，一枝红杏出墙头……

横在男女之间的那堵墙，充满了暧昧。墙两头只有孤身一人，便是孤男怨女；墙两头男女相隔，就是一对痴恋了。再加上玉面含羞的杏花小姐在墙头顾盼生姿，“红杏出墙”的意境便勾魂动魄了。

宋代的话本《西山一窟鬼》，其中形容女子“如捻青梅窥少俊，似骑红杏出墙头”。这个话本说的是裴少俊和李千金不顾礼教的恋爱情事。元代白朴根据此话本，写成著名杂剧《墙头马上》。到了元代，“红杏出墙”的用法就愈加直白起来：“恰便似一枝红杏出墙头，不能够折入手，空教人风雨替花羞。”清代的色情小说家李渔，就更加露骨了：“种杏不实者，以处子常系之裙系树上，便结子累累。余初不信，而试之果然。是树之喜淫者，莫过于杏，予尝名为风流树。”到了近代，鸳鸯蝴蝶派的刘若云写了名作《红杏出墙记》，“红杏出墙”就专指女人有外遇了。与其没面子地说自己的女人出轨，不如含蓄地说女人“红杏出墙”——“小叩柴扉久不开”“春色满园关不住”，浅浅地说出贬义，倒显出男人的大度。

可是一旦被发现“红杏出墙”，男女之间的战争亦开始水深火热了。

有学者研究容易出轨的女人不外乎这几种：比如幸福婚姻里的妻子，她们开始对安逸的婚姻生活厌倦，向往另一段感情；比如结婚三或七年的妻子，俗话所说的“七年之痒”就是出轨的前兆；比如妻强夫弱家庭中的妻子、性欲旺盛的妻子、有空闲时间的妻子、生完孩子后的妻子、赌气出走的妻子、两地分居的妻子……天哪，几乎任何一种女人都有外遇的可能，叫男人再不敢独自风流、不问家事了。

西方学者认为喜欢“红杏出墙”的女人，其因由可能来自父母的遗传。英国科学家对5000名孪生女进行研究后，认为某些基因会导致女性特别容易背叛另一半。英国圣托马斯大学基因专家斯佩克特教授，他先向当地5000名8～60岁的女性发问卷，得悉约有23%的人曾经背叛自己另一半。然后，斯佩克特再研究5000名孪生姐妹，发现其中一人曾偷情，另一人做出同样行为的平均比率达55%，比正常比率多出一大截。在基因完全相同的孪生姐妹中，两人均红杏出墙的比率，较基因有差异的孪生姐妹高，这反映遗传基因与女性成年后的不忠行为有紧密的联系。

不管这个结论是否科学，家庭的影响仍是不容忽视，若孩子从小知道母亲曾背叛父亲，在耳濡目染下日后亦会仿效。

男人最不能接受女人“红杏出墙”，给他戴一顶绿帽子。再慷慨的男人面对出轨的女人都无法大度地睁一只眼闭一只眼，即使曾经海誓山盟，发现的那一刻有如破镜再难复圆。在感情上永不餍足的女人倒有可能原谅出轨的男人，她们坚信爱他就该等他浪子回头，等他两鬓斑白，终有收心的一刻。

男人是墙，有厚实的肩膀，杏花女人攀爬而上，好奇墙外的风景，顾盼生姿。杏花墙外，心事两人知。

红杏枝头春意闹时，男人亦不必多情却被无情恼。

[小笔记]：广东话中女人“红杏出墙”叫滚绿，男人出轨叫滚红，称谓颇有意思，只是滚来滚去，未必会有更好的际遇。女人花开他枝，男人处理好彼此的关系挥挥手，接下来的人生再精彩，都有一段不完美的过去。

红男绿女，风月情浓

一家酒吧里的卫生间，一红一绿两扇门，没标明男女，结果几乎人人走错，人人都认为女为红，男为绿，岂不知，红男绿女也。

酒吧老板还真喜欢开玩笑。把红男绿女比作厕所，亏他想得出。完全不考虑患色盲的感受，还真该打。

说起红男和绿女，传说有这样的来历：

在古代，做官的男人要穿大红色的裤子，代表做官的地位和身份。正所谓“士假绛公服亲迎”，绛，便是红色的意思。红色代表显贵的身份和社会地位。

男人以红色彰显个人社会身份，女人则是青衣黛眉，以青色登场。

青色即绿色，代表青青芳草般的美丽与温柔。在古代，若女子的夫君是达官贵人，那么该女子的服装也是要配以同色的。这叫同赏色，即夫有官者则从其夫之品服。

“溱洧河畔钟鼓交，踏青游人乐陶陶。红男绿女佩香草，两情相悦赠芍药。”这首诗来自《诗经·郑风》里的一首《溱洧》的诗歌。讲述一对青年男女，要到溱洧二河边上去看集会，他们相互逗笑，并赠送芍药。

可见在那时已有“红男绿女”的叫法了。

高亨在《诗经今注》中批注：“郑国风俗，每逢春季的一个节日（旧说是夏历三月初三的上巳节），在溱洧二河的边上，举行一个盛大的集会，男男女女人山人海地来游玩。这首诗正是叙写这个集会。”

传说，郑国的上巳节是我们已知的最早的情人节。后来移到七夕，又是另外的故事了。

男人红裤，女人青衣，这样大胆的色配冲撞在唐代十分流行。唐朝是红男绿女盛行的年代。那时没有连日峰火，风调雨顺，安居乐业，爱美的男女才有闲心挑上好的颜色打扮。想象街上的一派繁华，男男女女，穿红挂绿，美不胜收，好不热闹。

红衣少年和青纱女子，他们背后的风月情浓，才不输给现在的花花世界。

茫茫人海，一红一绿，相映成趣。多少爱恨，你浓我浓，都在这人间风月里。

[小笔记]：如今女人穿青衣不稀奇，男人穿红裤，却标新立异。爱美男女，什么颜色都要穿上身，活在当下自己高兴就好。

红，不可一世

有一种颜色注定要肆无忌惮地霸占你的眼球，它高调、张扬、温暖、热烈、奔放、激情似火，它百看不厌，备受宠爱，叫人避无可避。它总是骄傲地出现在你面前，你做不到对它不经意地忽视。它会跟你调情，调动你身体里的兴奋与激情，你就这样义无反顾地爱上它。

它说它的名字叫红。

你无时无刻不在嫉妒它。它从不用隐藏，是那么自由自在。它总是以幸福的姿态占据重要的位置。它天生带着喜庆，令其他颜色望尘莫及。那些黄蓝绿们奋力地饱和，都是为了达到红色那样的效果。最浓烈的黄，也还是红色身上的一抹浮华；再葱茏的绿，面对红都被动和过于安静；而蓝，只得以无语面对红的激情……

在中国历史上，红色象征权力，“朱门”“朱衣”说的就是红色；传统文化中，五行中的火对应的颜色就是红色，八卦中的离卦也象征红色；红色最易引起人们的注意，权威的警示都用红色表示；红色最能激起雄性荷尔蒙的分泌，运动场上最跳跃的身影是红色；红色传统喜庆，节日婚礼独不能少的颜色；红色又关联爱与生死，那是血液的颜色……

红色出现在《红楼梦》中，更是不可一世的喜庆、美满。五十回，写众姐妹芦雪庵联即景诗，只见“四面粉妆银砌，忽见宝琴披着凫靥裘站在山坡上遥等，身后一个丫鬟抱着一瓶红梅”。宝玉在宝琴身后，披一件大红猩毡，红得耀眼。这美色，这衣裳，这梅花，众人都道像足了老太太屋里挂的仇十洲画的《双艳图》。一个红色撑起了《红楼梦》的富丽堂皇，也唯有红色才与小说结尾的衰败黯然强烈反差，更叫人唏嘘不已。

红色如此尊贵，它由来已久的内涵来自一种历史的兴奋，它理直气壮地占据着醒目的位置。它的存在向来不容忽视。帝国的兴亡、征服、革命，还有爱情，多少重大的事情离得开它？在这个背景下，它非常的具象。奥尔罕·帕慕克这样描述他笔下的“红”：

“我出现在《君王之书》英雄鲁斯坦的箭囊上，随着浪天涯寻找失散的坐骑；在他用神奇宝剑把恶名昭彰的食人巨妖砍成两半时，我就在那喷涌而出的鲜血之中……我无所不在，过去是这样，现在也是这样。当叛逆的图尔砍下兄弟伊莱奇的脑袋时；当梦境般壮丽的传奇军队在大草原上厮杀战斗时；还有，当亚历山大中暑后，鲜艳的生命之血从英挺的肚子闪闪发亮地流下时，我都在现场。是的，萨珊王贝拉姆·古尔每天晚上都会在不同颜色的帐篷里选择一位来自不同国家的美女……我，则出现在他每星期二拜访的那位绝代佳丽的衣服上……”

谁能像奥尔罕·帕慕克这样用如此迷人的笔端描述红色，连喜欢研究和书写色彩的老歌德都略显逊色。

作为最引人注目、最具存在感的颜色，红色在激情澎湃中又隐含着悲情，它是可以让生命终止的颜色。当它从身体里汩汩流出时，恐惧替代了它的核心意义。谁又能如红色瞬间完成从欢快喜庆到危险悲情的角色转换。它的极端令它对视觉的触摸最为直接，你无法躲闪、更不能回避。生命从红色开始自己的历程，最后也回归于红色。红色的出现令其他颜色都显出了单薄，它的锋芒不可一世。

红色内敛的秉性，又使它在时装界有了立足之地。将黑、白、灰、蓝用了一生的Armani，终于找到了另一种黑，那就是红色。Armani在红色身上看到了黑色的本质，那种带着炙热的宁静感，令红色释放出致命的诱惑力。

能够将红色穿得极美丽的女人必是能将红色冷却的人。红色带给她的既炽烈又漠不可及的气场，成为人群中最亮丽的风景。红色与黑色异曲同工，都有一种镇静的力量，而它又比黑色热情许多，穿上的心情更多了几分自在。

红色搭配可以调整心情，大面积红色搭配，让你立即化身潮人，想不引人注意都难；心情低调时，局部红色搭配是点睛之笔。红色的手袋、裤子、项链、上装、短裙、鞋子、围巾、耳环等都可以用来搭配，同样闪亮漂亮又不失干练，也不会太过于张扬。肤色白皙均匀、身型轻盈苗条的人最适合穿红色，像影星张曼玉总能把红色穿得飘逸脱俗，鲜艳得引人夺目又不失高贵典雅。

还有种懒女人，平时疏于打扮，但出门时抹一口鲜红的嘴唇立刻起死回生。红色就有这样化腐朽为神奇的力量，女人心里打着小算盘，便多爱它几分。

红色与冷色系撞色搭配时要精打细算，配不好滑稽，配得好蓬荜生辉。

红色令所有颜色慢慢冷却，正如一份炙热的爱能将你安静地融化。

红色于男人，是占有——男人爱上她，便带着偏见拼命想占有红色；红色于女人，是付出——女人爱上他，却只愿不求回报地释放红色。

爱着的时候，红色无处不在，欢天喜地，那是爱情的颜色；不爱的时候，红色枯萎成一滴血，掉在哪里都嫌腌臜。

[小笔记]：红色并不过分挑剔肤色，只在意脸色的均匀，肤色深的人穿红色照样出彩，但不均匀的肤色会令效果大打折扣。胖人穿红色也是不讨好，只会加剧膨胀感。穿红色要记得化淡妆，胭脂之类的就别再画蛇添足了。

红配绿是王道

歌手王力宏在一首歌里唱道：就算红配绿，生活还是要继续……

把红配绿唱得如此不堪，总有些贬低的意味。其实红配绿，恰好是冷暖色系的反差——红色给人活泼、愉快、兴奋的感觉，绿色让人感到安静、沉稳、踏实，两种极端的感受碰撞在一起，却有了最生动的演绎。那句俗语“红配绿赛狗屁”的说法早被人抛入脑后，个个穿红戴绿，窈窈窕窕，扑面而来。却印证了那句话：红花还需绿叶配。

杨绛在其代表作《洗澡》中有这样一段描写：

“她穿一条灰色西装裤，上衣是墨绿色对襟棉袄，胸口露出鲜红的毛衣，小鸟依人般了进来。姜敏身材娇小，白嫩的圆脸，两眼水汪汪地亮。她惯爱垂下长长的睫毛，斜着眼向人一瞄，大有勾魂摄魄的伎俩……”

稍加想象，红配绿的抢眼装扮，再加上嫩白的脸蛋，一个美人活脱脱地映入眼帘。你能说红配绿没有味道？

红和绿是一组互补色，激情似火的红加上柔和平静的绿搭配起来却不能随意，可要讲究技巧，稍配不妥，就会给人土气、庸俗、僵硬、刻板的印象。

一般寻常的根基配色方法，都习惯用同色系来配色，不会堕落，也较保险，比拟色和补色系能少用就少用。但如今撞色风流行，红配绿成了王道。

色彩搭配师嘉恩告诉我们：在画色彩时，如果你在画一块红色衬布时，在红色颜料里加少许绿色，再刻画红色衬布，就会让衬布更生动、漂亮。绿色和红色本来就是互补色，大面积的搭配会很不搭调、很刺眼，影响视觉美。中国故宫的颜色大红配大绿是因为中间有协调关系，相互穿插，可以带动全局，是生动的。但红色系有各种不同的红色，绿色系也有各种深浅不一、纯度不同的绿色，搭在一起是否好看就要看它们的搭配情况了。

红色和绿色是一对对比色，红花绿叶本是自然里面的一道风景线，哪能不美！但如果穿在人身上或许由于对比太强烈，人们难于接受，但只要你稍微花点心思，用红色系较浅较纯的小面积去搭配大面积的较深的绿色系，或选择里穿外搭的形式，效果会完全不同。

足见只要搭配技巧高超，红与绿也能碰撞出最耀眼的火花。红色与绿色的搭配强调一个色度。我们在大自然里看到的红花几乎都不是我们在绘画时看到的“三原色”中的红，而细分为各种各样的红，如粉红、绛红、嫣红、洋红等。同样，绿叶中的绿也不是“三原色”中的绿，而是淡绿、嫩绿、浅绿等等。这些色度不一样的颜色搭配在一起，就会让人觉得美丽和谐。相反，如果红花都是大红的花、绿叶都是大绿的叶，它们搭配在一起肯定会大打折扣，不堪入目。所以说，红与绿的搭配，不能是大红与大绿的搭配，而要注意在色度上有所差异，如粉红配水绿，墨绿配樱红，顿时相得益彰，化腐朽为神奇。

红色与绿色搭配，还不能一比一地搭配，如果在搭配时红色与绿色一样多，就肯定会岔色，不知不觉就难看起来。撞色搭配是要女人花些小心思的，不在镜子前反复琢磨演练，哪会有心得。

神奇的红配绿，搭配出彩，不仅能升腾一种雅致的神秘感，从医学角度还可以治疗抑郁症。阳光明媚的天气，玩一把红配绿的组合吧！一件果绿吊带衫＋一件洋红外套＋一条牛仔短裤＋一些素色的配饰，这身大红大绿，套在身上浑然天成，没有俗不可耐的气息，反倒于艳俗的色彩搭配中顿生出了浓浓的前卫潮流。自信满满地穿到街上，走进办公室，不经意间你便拥有了“化土气为洋气”的魔力。

有时女人的“小确幸”就在这色彩缤纷的搭配里。

[小笔记]：红配绿虽说是王道，搭配起来却要极小心——它不合适黝黑的皮肤；红和绿的面积不能同比；不宜选用纯度太高的红和绿；配饰有点睛之用；可以搭配其他保守的颜色，如灰、黑过渡一下。

胭脂红，点睛妙笔

“南都石黛，最发双蛾；北地燕支，偏开两靥。”燕支即是今日的胭脂。古时的女人亦爱美，“燕支涂颊，上连双眉”，有了胭脂之色，美人儿惊艳一瞥。

胭脂实际是一种名叫“红蓝”的花朵，它的花瓣中含有红黄两种色素，花开之时被整朵摘下，放在石钵中反复杵捶，淘去黄汁后，即成鲜艳的红色染料。女人妆面的胭脂有两种：一是以丝绵红蓝汁制成，名为“绵燕支”；另一种是加工成小而薄的花片，名为“金花燕支”。两种燕支经过阴干处理，做成稠密润滑的原料。由此，“燕支”渐渐被叫成“胭脂”。除了红蓝外，做胭脂的原料还有许多，比如重绛、石榴、山花、苏方木等，总之能被女人用来扮美的材料都会被委以重用。

女人脸上的胭脂红，可谓点睛之笔。

一抹胭脂红，点亮一脸好气色。

苍白的女人若没有这一抹红，会尽显病态，五官再美，却无亮点。

亦舒说：“一个女人，无论是什么年代、什么身份，都少不了这一盒胭脂——胭脂是一种象征，过去的女人，现在的女人，这种女人，那种女人，都要努力让自己活得更美。”

生得不美，若能活得更美，也是人间美事。

打开化妆包，如果独缺一盒胭脂，这女人就该打。

化了口红，描了眉毛，再上一抹胭脂，是精致。

许多女人疏于打扮，经常“脸色一沉”就出门了，有没有那盒胭脂，不知道；是否买过都不记得。这样粗心的女人，若再对老公稍有疏离，结局总叫人有些担心。

精细的女人一定化完妆出门，五官仔细整理过，最后还不忘抹一点胭脂，圆满出门。这样的女人赏心悦目，自然都愿意与她交朋友。

好气色带出好心情，自然活得更美。

如花美眷，是向往，却也有捷径——便是那盒胭脂。

偷懒的女人更要拥有它，稍稍一抹，立刻惊艳。

女人喜欢对着魔镜问：谁是天下最美丽的女人？

有了那盒胭脂红，再不必问。

[小笔记]：胭脂红在脸颊两侧稍作点缀，便是杰作，切不可贪多涂满整张脸，又不是天天唱京戏，不必如此隆重。

红玫瑰白玫瑰，最纠结的选择

男人把玫瑰送来，女人便会笑靥如花。

玫瑰的魔力，似一阵飓风，吹过的地方总有痕迹。

女人心细，把每一种玫瑰暗含的花语都琢磨透彻：

粉玫瑰——初恋，红玫瑰——热恋，橙红色玫瑰——羞怯，黄玫瑰——道歉，白玫瑰——尊敬，淡绿色玫瑰——青春长驻……

她们总想男人送花来时，搞清楚里面的寓意。其实男人才没有这分心思，随手买上一把，只要是玫瑰，都是爱意。

花心的男人才要费一番脑筋：红玫瑰送给这个，白玫瑰送给那个，粉玫瑰、黄玫瑰……都要分个清楚。日子久了，最省事的便是把这个女人叫红玫瑰，另一个就叫白玫瑰，好记，又分清各自的习性。

每个男人心里都怀揣着几朵玫瑰，是曾经，是现在，是将来，不同的版本，演绎不同的爱情故事。每朵玫瑰都是场绮梦，个中滋味，只有男人深知。

“几乎每个男人都有过这样两个女人：一枝白玫瑰，一枝红玫瑰。娶了红玫瑰，久而久之，红的就变成了蚊子血，白的却还是‘床前明月光’；娶了白玫瑰，白的便成了衣服上沾的一粒饭粒儿，红的却是心口上的一颗朱砂痣。”

张爱玲把男人看到了骨子里，她深知男人喜欢在红玫瑰和白玫瑰之间纠结，患得患失，顾此失彼，洋相百出。

白色冰清玉洁，纯洁无瑕，那是少女的情怀；红色热情奔放、灿烂如霞，那是熟女的风情。

究竟该怎么选？红玫瑰，还是白玫瑰？男人在情爱里的痛苦莫过于此。

实在难选的，干脆一并兼收，免得自己一失足成千古恨。左手红玫瑰，右手白玫瑰，公平又圆满。

惨的是被称为玫瑰的女人，红玫瑰火热灿烂，白玫瑰清雅脱俗，彼此都不愿意输给对方，却扔拼不出一个你死我活。

男人掌握着生杀大权，最后舍弃哪一朵玫瑰，是他一念之间的事。

玫瑰女人，如花美靥，却不能集万千宠爱于一身，心有凄凄又不甘。

红玫瑰、白玫瑰，谁会面临受冷落的厄运？

一道选择题，男人纠结一时，女人纠结一生。

[小笔记]：该做红玫瑰还是白玫瑰，不是女人可以决定的事，你做了红，他选白；你做了白，他选红。女人不必为男人牺牲色相，即使你不是一朵玫瑰，在心爱的人心里仍能开出花来。

红盒子，最深埋的不舍和爱藏

台湾女作家龙应台的卧房抽屉里私密地藏着一只红盒子。藏得太久太好，竟不知里面藏的什么。好奇地打开它，里面裹着一方黑色缎巾，再打开缎巾，却是满眼金黄：两条黄金项链，一个黄金戒指，一对黄金耳环，一只黄金打出的雕花胸针。

龙应台形容，那黄澄澄的亮彩，落在黑色缎面上，像秋天的一撮桂花。

关于红盒子的记忆一下子涌出，那是母亲送的。平白送这些首饰，龙应台不要："妈，你知道我不戴首饰的。你留着用。"

母亲说："女儿，与其到时候不知道东西会流落到哪里，不如现在清清醒醒地交给你吧。"龙应台写道：然后母亲把红盒子放到手心上，用两只手一上一下含着我的手，眼睛却望向灰淡的窗外，不再说话。

女儿收到母亲这样的话，那种酸涩不言而喻。

母亲的红盒子传下来的那一刻，无关生死，却是生死。

每个女人的红盒子，是生命中最私密、最深埋、最不可言喻的不舍和爱藏。若要把它交出去，是把生命作交换，是女人站在生命线的末端悲凉无奈的回味。

总会有那一天，“不舍”与“爱藏”总要交出去。再璀璨再华美再夺目再宝贵的东西，欣赏之后总要归还。人生赤条条地来，总要赤条条地去。

一场人生盛宴，最后只留下一只红盒子。再把宝贝的红盒子交出去，了却红尘，今生再没有可惦记的东西和遗憾。

想起爷爷去世的头两天，把他一生钟爱的手表摘下来塞到他弟弟手里。弟弟以为坏了，替他去修。修表师傅退回来，说分秒不差。拿回那只表再交还到爷爷手里，已是弥留之际。爷爷再次把表塞回到弟弟手里，定定地看着他，无法言语。弟弟心里霍然明白。那一瞬爷爷走了，他了却心愿，他把一生最好的东西交出来，赤条条地来，赤条条地去……

不可触碰的一辈子的爱藏、连同生命送出的红盒子……还有大把大把的眼泪和爱。

这便是人生。

稍纵即逝的东西，便是那最私密、最深埋、最不可言喻的不舍和爱藏。

[小笔记]：喜爱的东西，收集的过程总比送出的时刻幸福。珍惜那个把东西放进红盒子里的当下吧，幸福总是稍纵即逝。

7 蓝色恋人笔记 (蓝)

那些蓝色教我们的事

瑞士心理学家卡尔·琼曾说过："色彩是潜意识的母语，它可以唤起人们早已忘怀的记忆和情感。"蓝色给予我们的，更是一种怀旧与想象并存的依赖感。

湛蓝的天空、碧蓝的大海、深蓝的郁金香、蓝色多瑙河、魂断蓝桥、蓝色生死恋……凡是与蓝有关的，都散落着迷人的小桥段。

蓝色是冷色调最典型的代表，是色彩中无限沉静的颜色，它总是或多或少地唤起你的怜爱，它的深邃、永恒、沉静、无瑕、理智、诚志、忧郁、冰冷都令你不知不觉又无可救药地恋上它。

蓝色总是那样纯净、深情、理智、沉稳，它像一位一往情深的恋人，在你身边娓娓耳语。它有太多忧郁的故事，各种蓝交汇在一起，又令它的故事忧郁中透露精彩。

在西方，蓝色的喻义甚是有趣：

"蓝色故事"说的是"黄段子"；"蓝胡子"指的是弑妻的残暴丈夫；"蓝色时间"说的是下班后的放松时间；"蓝袜子"则是指知识分子；形容一个人忠诚，会说他是"永不褪色的蓝色"；"蓝色血统"用来形容人出身高贵……

蓝色系的分类同样五花八门：

深蓝，即最纯粹的那种正蓝，好比夜空中微微带紫又偏黑的蓝。这种深蓝色是“忧郁”的代名词，平分蓝色系列的青色和红色在这里完美地统一了数值。在心理学上，深蓝会给一些容易接受暗示的人以压迫感，但对于乐观的人，深蓝又会令他们的情绪松弛下来。

天蓝，指的是最浅的蓝，几乎不含有红色的痕迹，一如天空的清冷。天蓝是最“初始”的颜色。从心理学角度说，天蓝色和粉红色一样，都是“安抚色”，能令人安静而放松。

湖蓝，是深邃的蓝色，又带着跳脱的光亮，美丽得如同沉浸在无尽静谧中的湖水。湖蓝代表着“等待”。在颜色的心理暗示来说，湖蓝是“禁语”的颜色。在湖蓝的氛围下，通常人们的对话都会减少，以示尊敬。

孔雀蓝，是蓝色中最神秘的色彩，几乎没有人能明确判断它的色值，只好把它列入模糊色的一种，它代表的意义是“隐匿”。孔雀蓝是最难印刷的颜色，印刷品中的孔雀蓝总会令人失望许多，完全没有现实看到的华美。在神界，孔雀蓝更是一种遥不可及的颜色，除了金银色以外，唯有孔雀蓝称得上是特殊色。

宝蓝，又称宝石蓝，传说希望女神的原型就是一颗蓝色的钻石。如同宝石一样的靓丽幽蓝就成了“希望”的代名词。在心理学上，宝蓝和紫色一样，都给人高贵的感觉。身穿一袭宝蓝，轻易就能成为人群中的焦点。

紫蓝，就是蓝莓的那种颜色，喜欢果酱的人看到这种颜色就会想起那股蓝莓的酸酸甜甜的味道。这个颜色的喻义是“神秘”。在生活中，这种颜色总给人居高临下、过于骄傲的感觉，像是神秘的蛇蝎美人，爱慕却高不可攀。

……

蓝色又远不止这些，还有蔚蓝、浅蓝、薄荷蓝、明蓝、暗蓝、碧蓝、湛蓝……每一种蓝都有它不可言喻的美妙。蔚蓝是蓝色中最耀眼的，也是和带有热带风情的颜色搭配不可或缺的色彩；浅蓝是蓝色中最明亮洁净之色，它代表健康活泼；深蓝给人稳重、冷静、严谨、冷漠、深沉、成熟的心理感受……

蓝色所到之处，你无法不正视它的美丽。蓝色呈现出的明快、优雅、成熟的韵味如沐徐徐的海风，清新扑面。

色彩测试心理学家吕舍尔（M Lusher）分析颜色与性格的关系，指出：蓝色是大海的象征，比喻博大胸怀，永不言弃的精神，代表着沉稳和谐与女性气质。喜欢蓝色的人性格上都很沉着稳重，而且诚实，很重视人与人之间的信赖关系，能够关照周围的人。这类人与人交往都彬彬有礼。

蓝色用在服装搭配上，却立刻摆脱了冷静气质。在所有颜色中，蓝色服装最容易与其他颜色搭配。不管是近似于黑色的蓝色，还是浅蓝色系，都比较容易搭配。蓝色还有紧缩身材的效果，令女人又多了分喜爱。

喧嚣过后，唯有能令你突然安静下来的蓝，千依百顺地服帖着你。不必华丽地转身，那袭高贵的蓝永远在尘世中低调地美丽着。

[小笔记]：蓝色既可单色搭配又可撞色搭配，并且永不过时。它适合所有的女人，它既可以性感高贵，又可以朴素低调。这样省事又安全的颜色，女人可以不假思索地拥有它。

土耳其蓝，杀死嫉妒的眼神

当你不经意地爱上蓝色又对它喜新厌旧时，偏偏遇到了土耳其蓝，那一瞬间，你的小兴奋立刻又被重燃。

该如何描绘这一抹带着土耳其风情的蓝色？即使我再逞强，仍找不到适合它的句子。只有不远万里跋涉到那里，看看那里的海、天、清真寺，那种不带一丝朦胧的蓝色便了然于心。

到了土耳其，令你醉心的还不止于海天之间的各种蓝，却是一只“蓝眼睛”。不论在家里、商店、出租车、飞机上，还是衣服、鞋子、头巾和茶杯上，甚至宠物和家畜身上，随处可见一只漂亮的“蓝眼睛”——在一块较大的蓝色玻璃里套着一块较小的浅蓝色玻璃，浅蓝色玻璃里还嵌着一个“黑眼球”模样的黑色小玻璃块。这便是土耳其人所说的“纳扎尔”，我们称它为“蓝眼睛”。

这只令你一见钟情的“蓝眼睛”，发出神秘的光，酝酿着一股诱人的气息。别以为它只是一件漂亮的饰物，它不仅能辟邪，更有一个美丽的故事。

传说，从前土耳其有位富翁盯上了一头从他家门口经过的肥牛。他对妻子说：“今天，我没有看见比这头肥牛更美妙的东西了。”恨不能即刻据为己有，眼神中露出贪婪的光。那只肥牛被富翁死死盯住后，竟然没多久便倒地毙命了。他的妻子便把肥牛肉割下来带回家。富翁大喜，终于如愿尝到了鲜美的肥牛肉。

从此，人们把故事里富翁贪婪的眼神称为“嫉妒的眼神”。这种眼神有着无比巨大的杀伤力，就是这股“可怕的力量”，杀死了肥牛。土耳其人开始害怕这种“嫉妒的眼神”。他们觉得最容易受这种眼神伤害的是小孩儿、美女和社会上功成名就的人。因为小孩子弱小不能保护自己，而美貌和成功都容易招人眼红和嫉妒。为了保护自己不受“嫉妒的眼神”的伤害，土耳其人便创造出了美丽夺目的“蓝眼睛”。

神奇的“蓝眼睛”能把“嫉妒的眼神”吸引住。如果“蓝眼睛”爆裂开，说明灾难已经被化解，人们终于躲过了伤害。如果生得壮实而又漂亮的小孩儿不幸夭折了，或是家里健壮的牲口突然病死了，土耳其人便将原因归咎于这“嫉妒的眼神”。

为了“辟邪”，人们总要把“蓝眼睛”置于他们认为“嫉妒的眼神”最可能出现的地方，比如家门口、后院、孩子的肩膀，还有牛的额头上。

“蓝眼睛”的故事还有另一个版本，传说很久以前，土耳其有一位长着邪恶之眼的女巫，谁若是被她充满嫉妒的眼神盯上了，就会立刻变成石头。后来，人们为了保护自己，便将女巫捉住压在柱子下，挖出了她的双眼，并制成大大小小的东西挂起来，以毒攻毒，这就成了“蓝眼睛”最初的原型。

为了安稳地过日子，“蓝眼睛”成了每人心头的宝贝。所以在土耳其乡村，“蓝眼睛”的作坊总不嫌多。工匠按照传统的技艺，在平整的地面上用烧砖和黏土砌成圆形或椭圆形的窑，再用黏土将其糊成马蹄形进行烧制。“蓝眼睛”窑可有讲究：熔化玻璃的部分叫“塔瓦”，烧含松脂的木头的叫“卡帕克”，“蓝眼睛”制作完成后用于冷却的地方叫“卡瓦拉”。每个窑还开有两三个小洞，用于提取玻璃熔浆。制作时，工匠先用一根长50～60厘米的铁棍从“塔瓦”中取出玻璃熔浆，将其置于较宽的铁板上，然后用长30～40厘米的钢棒拍打、定型，最后用细钢棍往定型后的玻璃块上加入黑色的“眼球”。这样，一个“蓝眼睛”便完美出炉。

“蓝眼睛”已经成为土耳其蓝的象征，当地人不仅在婚礼、葬礼等重大的仪式上悬挂“蓝眼睛”以祈求神灵的庇护，而私下里，许多人都把小小的“蓝眼睛”放在胸前的口袋里，随身携带。谁知那双“嫉妒的眼神”何时看过来，时刻提防总没坏处。更有美女从头到脚都挂着“蓝眼睛”，遭人嫉妒这件事该是美女最头痛的烦恼吧。

原来土耳其蓝最诱惑人的是那只奇异的“蓝眼睛”，还有什么比能杀死“嫉妒的眼神”更奇幻的东西？能以毒攻毒的宝贝，最求之不得。

[小笔记]：土耳其蓝穿在身上想不醒目都难。但最好的色彩最不该大规模地往身上穿，恰当的比例便是完美的演绎。

孔雀蓝，张爱玲的最爱

提起孔雀蓝，便想起《红楼梦》里勇晴雯病补孔雀裘。

贾母赠给宝玉一件孔雀蓝披肩。这披肩金翠辉煌，碧彩闪烁，非同一般，是用俄罗斯国的孔雀毛拈了线织成的。偏巧宝玉贪玩，弄破了洞。幸好有巧晴雯为宝玉挣命，顶着头晕眼黑、气喘神虚，熬夜修补，才将孔雀裘恢复原样，补得天衣无缝。

这一幕《红楼梦》经典片断，由不得让人记住了孔雀裘，更对那一抹流光异彩的孔雀蓝津津乐道。

说起孔雀蓝，还要再提张爱玲。传说孔雀蓝是张爱玲的最爱。

这个故事要从一九八八年说起。

那一年，台湾有个叫戴文采的记者，在张爱玲毫无防备的情况下，竟然跟踪到张爱玲在美国洛杉矶的居住地，潜入到张爱玲的隔壁。用了最下作的方法，戴文采获得了张爱玲的一大包垃圾。那时的张爱玲已是七十高龄的老妪，身染严重的皮肤病，牙齿也坏落了许多，穿的拖鞋不洗也就连扔了好几双。垃圾袋里还有很多的生活弃物，有食品空罐头，有写了不连贯文句的信封，还有沾染血迹的棉球，及一些生活用的棉纸等。这些在戴文采看来，都是无价之宝。戴文采在获得了张爱玲的垃圾后，将这些垃圾通通都做了处理，以便做有价值的收藏。不仅是有这些收获，戴文采还有了更大的收获，就是知道了张爱玲的好多生活用品都是以蓝色调为主，诸如艳蓝、水手蓝、橘子蓝、青蓝、蓝绿等。张爱玲去世后，她的遗物中有一件孔雀蓝镶金线的上衣，这件衣服便是张爱玲的最爱。

未见过那件孔雀蓝镶金线的上衣，想象一下那样子，应该也是金翠辉煌，碧彩闪烁，非同一般的美吧。

张爱玲的《心经》中有这样一句描写：

“小寒穿着孔雀蓝衬衫与白裤子，孔雀蓝的衬衫消失在孔雀蓝的夜里。”

青春少女许小寒才二十岁，正是花样年华，却陷入了一场畸形的爱恋之中。张爱玲在给了她本应有的纯洁的白色同时，又给了她饱含内蕴的孔雀蓝。少女无边的忧伤从孔雀蓝里流溢出来，却不能得到回应，最终只能消失。

细细体味，这会否也是张爱玲内心的真实临摹呢？小说叫《心经》又恰似暗暗点题。

抛开色彩之外的故事，再回味孔雀蓝。那一抹迤逦色彩，有了曹雪芹、张爱玲的演绎更多了一份神秘的魅惑。

难得有这样一种美色，穿上身的时候能令周遭都黯淡下来。即刻拥有一件，才大快人心呢。

[小笔记]：女人至少拥有一条孔雀蓝的裙子，才不枉此生。不必担心它太鲜艳太扎眼，在特别的场合穿上，必成焦点。

天堂之蓝

不管你在尘世过得如何狼狈，还是如何富足，一样会憧憬天堂。

天堂里除了幸福的血肉感情，一定还有最夺目的色彩。

作家毕淑敏写出心中的天堂："那里一定绿草茵茵，有不老的翠树和长香的花、有鲜活的动物和莺歌燕舞的禽鸟、有丰腴的面点和流淌的蜂蜜。空气毫无疑问是新鲜的，疾病毫无疑问是没有的，华美的建筑反射温润的微芒……"

天堂是美满的伊甸园，每人心中都把最爱的颜色赋予天堂。

毕淑敏在书中畅谈天堂的颜色：

"如果天堂有颜色，它是什么色泽的呢？红色固然令人兴奋，但每天都是红彤彤艳光四照，好像喧嚣吵闹了些。橙黄？温暖，丰收，诱人食欲，但总觉明黄给人以威权的压力；带着赤色调的橙，又有一种危险即将靠近的绷紧。青绿自然是好的，生机勃勃饱含汁液，给人以成长的期望和生命的韧性。但城市里绿色稀薄，旷野和雨林中，大片绿色遭砍伐和焚烧，雪山、沙漠也没有绿色的踪影，现在的绿色有不堪一击的脆弱。唔，还有紫色。据说这是一种高贵的颜色，我却正因了它的高贵，而疏离了它。我期盼天堂不要有拒人千里的矜持，而是平易近人的蔼然。便只剩下蓝色了。蓝色是这个星球上最广泛最汹涌澎湃的颜色，它博大精深，无处不在。它负载着所有的生命，乾坤挪移生生不息。它酿造着所有的文明，丰功伟业乐此不疲。所幸截止今日，它还没有被人类的贪婪彻底污染，尚保持着宇宙洪荒时的洁净和丰饶……”

毕淑敏把天堂描绘成蓝色，一幅美景立刻浮现眼前：干净清澈，纯净安详，不带杂质的蓝令四面安静空灵，置身那片蓝色，恰如天堂。

把蓝色从天堂中摘下来，洒入人间。它传达出更具象的意义。

自古人们认为穿蓝色衣服能够辟邪，保护人们不会受到邪恶的蛊惑。因为蓝色是天堂的颜色，邪恶力量对此避之不及。

在英国，新娘出嫁时按传统要带上四样：“一些旧的，一些新的，一些借的和一些蓝的。”“一些旧的”是过去曾带来好运的东西，“一些新的”是要为新人带来希望，“一些借的”承载着出借人对新娘的祝愿，而“一些蓝的”是为了在婚礼这天驱除所有的厄运。人们相信蓝色能带来好运。

蓝色的美好又不只在婚礼中，在时尚圈正刮起“蓝色妖姬”的旋风。

蓝色最适合夏日，一种色彩便把清凉、舒爽、宁静都表达出来。从宝蓝、海军蓝到天蓝、浅蓝，蓝色作为搭配的重点色，配出来的效果都出人意料。蓝色与黑、白、灰、米色等基本色的搭配简单又安全，胡乱搭也不易出错。但是与其他色彩搭配时，便要花些心机了。

浅蓝色+普蓝色，衬托女性温柔娇巧的气质；深海军蓝色+苹果绿色，营造青春活力氛围配色级别；天蓝色+薰衣草紫色，时髦的准对比色的配色；藏蓝色+浅柠檬黄色，低彩度搭配具有自然融合度；靛蓝色

+正红色，营造成熟休闲气氛；灰蓝色+烟粉色，倾心感受全新的浪漫主义；生动的蓝色+红色，使人显得妩媚、俏丽；蔚蓝色+橙色，搭配出夏天的轻凉活跃之感；蓝色+淡紫色，给人一种微妙的感觉，自然之中流露出成熟的韵味儿……

色彩为我们带来无止境的想象空间，天堂之蓝投射到尘世中，让人相信生活的美好。

被色彩宠爱的时候，便是一个小小的天堂。

[小笔记]：如此丰富多彩的蓝色，令搭配信手拈来。蓝色与基本色可以百搭，跟基本色以外的色系的搭配要懂得色彩的比例适当，掌握这个原则，剩下的事情为所欲为好了。

永恒蓝，女人的浪漫戏码

买车的人总会为颜色头疼。本来已想好一种，可临到现场，立刻又不知所措。

别人一旁耐心地推荐，自己却经不住推敲，完全没有主见。

忽听销售人员说：这是一款“永恒蓝”。

立刻就定下来，对，就是这款永恒蓝。

蓝色本来普通，加上永恒，却别有味道。

什么东西加上永恒，女人便心向往之。不禁要暗自称道商家精明的头脑，如此掌握女人心。

就像广告中那句经典台词：钻石恒久远，一颗永流传。

钻石再加上永恒，是女人这一生的想望。

商家都明了女人的浪漫戏码，所以凡事都要加上永恒。

就连一款蓝色汽车都要冠以“永恒蓝”。

男人其实了解这一点，在爱情里就会事半功倍。

比如为自己的忙碌开脱，可以这样说：“这次不能陪你旅行，真的很忙，我们还有一辈子时间，下次再去也不迟。”

一辈子时间堪比永恒，女人立刻买账。

再比如，给她祝福时说：“你在我心中永远年轻美丽。”若再送她一条永不褪色的饰物，锦上添花。

永远就是永恒，女人爱听。

永远在一起，永远不分离，这样的誓言，多说几句，女人便心软。

热恋中的男女渴望永恒，他们期待爱是永不止息，却又常常忽略，爱是恒久忍耐。

永不止息和恒久忍耐竟然说的是一件事，看不到这一点，恋情总会戛然而止。

永不止息是浪漫，恒久忍耐终归难以接受。

现实男女没有耐性，他们宁肯好聚好散，亦不要承受恒久忍耐。他们只看到永恒的浪漫唯美的一面，另一面，绝对摒弃。

车开过几年，“永恒蓝”渐渐失去光泽。你开始嫌弃那个颜色，那时你才肯接受根本没有永恒的事实。

色彩没有永恒，浪漫更没有。

浪漫只会更短暂，戏码演过了便不称奇；爱情来了又走，浪漫滋味也一并带走，徒留遗憾。

女人最不愿接受的现实，便是爱情里没有永恒。

永恒的爱是她们一生的追逐。

［小笔记］：永恒蓝代表高雅，用在任何地方都不落俗。穿上身却要追求款式，太过普通的样式会让人想到工作服，可要慎重。

天蓝色的彼岸，款款深情

非要选一款最钟爱的颜色，当然要说天蓝色。

那接近无限透明的蓝，不经意望去，美得窒息而向往。眼瞳最深处的神秘就在天蓝色的彼岸。

那是唯一需要仰视的色彩，恰如爱情的姿态。

沈从文致妻子张兆和的情书里，就有这样一句：

“望到北平高空明蓝的天，使人只想下跪，你给我的影响恰如这天空，距离得那么远，我日里望着，晚上做梦，总梦到生着翅膀，向上飞举。向上飞去，便看到许多星子，都成为你的眼睛了。”

这封写于一九三一年六月的情书，叫人不禁也要望一望那明蓝的天，回味爱情流露出来的细微感动。沈从文向张兆和倾诉“爱让我变成你的奴隶”的时候，你分明在天蓝色的彼岸，看到了款款深情。

女作家萧红写给爱人萧军的情信里，字里行间满是小女人惆怅的爱恋。

“军：我今天接到你的信就跑回来写信的，但没有寄，心情不好，我想你读了也不好，因为我是哭着写，接你两封信，哭了两回。你来信说每天看天一小时会变成美人，这个是办不到的，说起来很伤心，我自幼就喜欢看天，一直看到现在还是喜欢看，但我并没变成美人，若是真也，我又何能东西奔流呢？可见美人自有美人在。我的长篇并没有计划，但此时我并不过于自责‘为了恋爱，而忘掉了人民，女人的性格啊！自私啊！’从前，我也这样想，可是现在我不了，因为我看见男子为了并不值得爱的女人，不但忘了人民，而且忘了性命。何况我还没有忘了性命，就是忘性命也是值得呀！在人生的路上，总算有一个时期在我的脚迹旁边，也踏着他的脚迹，总算两个灵魂和两根琴弦似的互相调谐过……”

热恋中的女人是这样，以为真能像男人说的，每天看看澄蓝的天，便会变成美人。殊不知那是男人的俏皮话，男人不肯正正经经说话的时候，才是他不可言喻的爱恋。萧红在情信里跟他较真，每天看天，自幼到大都未变美。而在萧军的眼里，那个天天看天的女孩子不知有多美。

女人天蓝色的小忧伤，男人记下了，那是情书里最珍贵的东西。

在蔚蓝天空下面下跪求爱的男人，每天看着天蓝色天空祈祷变美的女人，他们的情浓时刻叫人迷恋回味。那份信念，无坚不摧；那份痴心，楚楚动人。

人生最大的遗憾莫过于没有人携手同往天蓝色的彼岸，错过这一段美好的旅程，才是最令人心碎的事。

[小笔记]：肤白穿天蓝色最抢眼，一身天蓝色连衣裙立刻有男人为你倾慕而来。肤色重的女人切不可沾，撞色搭配最忌与肤色相克。

Part ②

牛奶香茶笔记，色彩的独韵

天青色等烟雨

青是一种底色，清脆而不张扬，伶俐而不圆滑。

青色再添上天色，那是何等奇妙的颜色？叫人混想着，又说不出正解。

《十国春秋》曾记载，吴越王曾于公元九五八年两次贡周，在贡周的珍品中，除了金银等外一定要有越州的瓷器。吴越王为了讨好周世宗柴荣，派使者问道："皇上喜欢什么颜色的瓷器？"柴荣批示："雨过天青云破处，这般颜色做将来。"使者回来禀告后，吴越王就下令试制"雨过天青"的釉色瓷器。只是这种绝色瓷器在五代越官窑始终没有完成。着色如雨过天青又何等容易。传说只有当瓷器出窑的一瞬间，正碰上阴雨绵绵的湿润天气，那瓷器上淡淡的雨雾般颜色才会渐渐晕开，成为一种梦幻般的绝色。

还有一种说法，青花瓷得名于唐，盛极于宋。"天青过雨"是青花瓷上品中的上品，"雨过天青云破处，这般颜色做将来"是为宋徽宗御批。此后，天青色即为青花瓷钦定的颜色。因为这种釉色极难烧制，天青色更被认为是青花中最美的颜色。

瓷器能称作上品，需讲究"青如天""面如玉"。

"青如天"说的是汝官窑以天青釉色为主，但在不同光照和不同角度观看，颜色会有微妙的变化。平常体会，在明媚的光照下，颜色会呈现青中泛黄，恰似雨过天晴后，云开雾散时，澄清的蓝空上泛起的金色的光。而在光线暗淡的地方，颜色又呈青中偏蓝，犹如清澈的湖水。究其原因，是汝瓷玛瑙入釉而致使釉面产生不同角度的斜开片和寥若晨星、大小不一的气泡对光照的不同反射产生别样的感官效果。

“面如玉”最关键处是半乳浊状的结晶釉，结晶釉对色与光极敏感，青绿釉却能从内反射出红晕。釉子稍厚处，如凝脂般将青翠固化，又如腊滴微淌，将玛瑙融化之后而又将其垂固。釉子稍薄处，如少女羞涩面现昏红，又如晨曦微露，将薄云微微染红。釉面滋润柔和，纯净如玉，有酥油般的感觉，抚之如绢，温润古朴，光亮莹润；釉如堆脂，素静典雅、色泽滋润纯正；纹片晶莹多变，视之如碧峰翠色，有似玉非玉之美。

天青色的珍贵，臻于极致，一面洗尽铅华，内涵素雅；一面舍弃花哨，古朴经典，非同寻常。

《红楼梦》第四十回，贾母提到如蝉翼般的窗纱，叫作“软烟罗”。“那个软烟罗只有四样颜色：一样雨过天青，一样秋香色，一样松绿的，一样就是银红的，若是做了帐子，糊了窗屉，远远的看着，就似烟雾一样，所以叫作‘软烟罗’。”

这里提到的雨过天青就是天青色。如漫雨雾般的窗纱笼罩着公子小姐的情窦心事，那层朦胧的情意都在这“雨过天青”里了。

最诗意的颜色莫过于天青色。它罕有高贵的外表下，竟还有淡淡的婉转哀伤、无奈和惋叹。

“天青色等烟雨/而我在等你/炊烟袅袅升起/隔江千万里/在瓶底

书汉隶仿前朝的飘逸/就当我为遇见你伏笔/天青色等烟雨/而我在等你/月色被打捞起/晕开了结局/如传世的青花瓷自顾自美丽/你眼带笑意……”

方文山歌词里依稀可见水云萌动之间伊人白衣素袂裙带纷飞，清冷透亮而又蜿蜒回环多有不尽之意，女子眼带笑意却锁不住离愁别绪，心似双丝网，中有千千结，透出天青色的含蓄而韵味别生。

缘悭一面的女子总叫人惆怅和回味，正如爱上天青色，就为它的可遇不可求。

曾经惊鸿一瞥的际遇，仿佛邂逅天青过雨，都是人生不该遗忘的好赏味。

[小笔记]：天青色的衣服同样罕有，好似只有戏曲青衣粉墨登场，偶见有如雨过天青的水袖拂面而过。若能将这绝色披上身，定会化身如青花瓷一般秀丽女子，冉冉檀香中袅袅而来，不迷死人才怪。

云深处的卡其色

卡其色源自波斯语灰尘、尘土一词。抽象地说，即是大气层中灰尘的颜色；直接地说，就是尘土的颜色，是一种介于浅黄褐色和中浅黄褐色之间的颜色。

卡其色往往令人难以界定，看似杏色又带点浅啡，它的出现总给人迷迷糊糊不明亮的印象，叫人难以定出它的真正色位。正因它这样不起眼的土黄色，天性又带着朴实，面料又实用，起初只是被用于军装。哪想到有一天，它能进而成为一种流行色系。曾经被人嫌弃的尘土的颜色被时尚所演化，成为了时装界的新宠。

能忽然受宠若惊，自然有它的优势。

卡其色可以作为一个基本色来处理，每个人的衣柜里总有白色、黑色的衬衣，而卡其色跟它们的角色相同，同样是永恒的衬衣之选。

卡其色本身色系低调，正好与其他色系百搭。时装设计师Raneek说：“在一件衫里，可以把卡其色作为副色，衬上开心的彩色，或穿上一条卡其色的裤子，在上身穿上一件极为鲜色的配衣，出来的效果高调得自然，有点中和作用，并不夸张，令人易于接受。”

比如在卡其色西装里面搭配一件白色T恤一点儿都不会觉得突兀，反而很和谐。

与卡其色最出挑的搭配当然是与黑色的混搭。卡其色与黑色可以组成任意搭配的模块，不管黑色出现在上装还是下装，卡其色总不会出现头重脚轻的情况。黑色和卡其色搭在一起，永远都不会显得过于沉闷和轻佻。特别是在夏天，干净利落的卡其色总是能给人舒适和容易亲近的感受，上班、夜店，昼夜两相宜。尤其对男人来说，卡其色成为夏季男人的必备色。想象你身边的那个男人穿着卡其色军装款的衬衫，再搭配细长的领带和腰带，立刻时髦度狂飙，在你眼中瞬间变身棱角分明的男模。这样的男人你能不爱？

卡其色最重要的就是利落感，男人穿上它，自然而然带出一股俊朗的军族风，英气逼人。又由于卡其色貌似浅啡，黄中带白，所以它有着清凉的浅淡之感，特别在夏季更大派用场。

卡其色比起稍浅的大地色系来说，收敛的效果更好，所以，即使是厚重的大衣或者毛衣，用这种颜色来演绎，也不会觉得很臃肿。所以卡其色又同样适合秋冬。若想在秋冬添置一款时髦的风衣、大衣或者皮草的话，卡其色是个不错的选择。女人在这一季穿上卡其色的皮草，活脱脱是个时髦女郎。

设计师Raneek说："用在不同的布料上，卡其色会发挥出不同的季节感，如用在灯芯绒上，即可令人有暖笠笠的温暖。"

卡其色抽象的特质，令它涵盖广泛。米色、泥灰色、藕色、驼色、焦糖色，甚至是裸色等颜色都被纳入进了卡其色系。四大时装周中，很多大牌巧妙地运用了卡其色系娇柔性感的特点，使其服饰风格自然大方时尚。

各个季节、男女搭配总相宜的卡其色，却有一类人望而生畏，那便是战地记者。

战地记者鲍勃·德洛金说："不要穿着卡其色衣服，否则会让人以为你是军人。我就经历过这种事情，我再也不想穿这种颜色的衣服，让我觉得自己是个容易遭到袭击的目标。"对于许多记者来说，真正的战争危害往往发生在战事报道写完很久以后。战地记者赛尔伯汗·达罗说："我觉得心理危害更大，从某种程度上来说，战地记者经受的心理创伤远比肉体上受到的危险要大，很多心灵创伤和痛苦都让人难以承受。"

对男人来说必备的卡其色，在战地记者眼中触景生畏，不愿再承受战争给他们带来的阴影。以军装制服出现的卡其色注定要受到他们的排挤。

就把这一种触景生畏的卡其色藏于云深处吧。与不堪记忆惜惜相连的色彩，如浮云散去才好。

云深处的卡其色再不去理会，云下的生活里，卡其色正大行其道，抛弃了长久以来被误认为老气之色而几多沉浮，正从T台至衣柜，由明星到你我，被无所不在地宠爱着。

[小笔记]：卡其色百搭，任何跳跃的颜色都能与卡其色完美组合，其中黑色、茶褐色以及白色、裸色，都是与卡其色相得益彰的最佳选择。男人的衣柜必备卡其色。对女人来说，卡其色更是一种高贵的性感。

金色，赤裸裸的诱惑

金色一闪，女人的眼光立刻吸引过来。

那致命的吸引力，就像猫看到鱼，狗看到肉，奥特曼看到小怪兽。最简单的幸福莫过于此。

女人都拜金，这不是好话，却是实话。

亦舒笔下的“喜宝”堪称拜金女的代表。

她的名言是：“我最想得到的是爱；如果没有爱，有健康也可以；如果健康也没有，那么我要很多很多的钱。”

喜宝生在一个破落家庭，父母离异，生活没有安全感。恰巧她在飞机上结识了富家女勖聪慧，令她命运完全改变。

聪慧有意制造机会撮合喜宝和哥哥勖聪恕。在家宴上，聪慧的父亲勖存姿，为喜宝的才智、谈吐以及美貌所征服，于是也向喜宝展开追求。喜宝在其父亲、儿子的双双夹击下，非常现实地选择了父亲，于是她得到了想得到的一切，甚至更多。

喜宝做了勖存姿的女人后，虽然得到了金钱与物质上的满足，却耐不住感情与生理上的寂寞和空虚，她需要更为实在的爱情和属于自己的生活。勖存姿发现喜宝另有所爱，竟冷酷地当着喜宝的面，枪杀了她的男友。喜宝绝望了，但她怎么也逃不脱勖存姿的牢笼。几年后，勖存姿去世了，喜宝终于变成了她梦寐以求的最富有的女人。但她明白，她得到了金钱，却失去了一切，青春、爱情、生命力……

亦舒的这部代表作写尽了女人对金色的诱惑。

喜宝说："如果有人用钞票扔你，跪下来，一张张拾起，不要紧，与你温饱有关的时候，一点点自尊不算什么。"

拜金女眼中只看到钞票，金色一闪，瞳孔放大，完全是一种陶醉。在她们眼中每朵乌云都镶着金边。

爱情与金钱摆在一起，要怎么选？

喜宝选了钱，她的理由是："我的经济环境勉强着我跟他在一起。"

这便是选择。在她眼中，"每个女人都应该结婚，设法叫她们的丈夫赚钱来养活她们。"

最后她成了最富有的女人，可她失去了一切。

诱惑令女人吃尽苦头，尤其是金色诱惑，叫拜金女无处躲藏。

拜金女最难以启齿的便是得到金钱后还要寻找幸福。样样都想贪，世间哪有此等两全其美的好事？

女人若能控制得了金钱欲，其他皆有可能。

[小笔记]：穿金戴银也是风潮，要紧的是不俗。拜金，全身也跟着闪，有点滑稽。若能点石成金，那才是真本事。

琥珀色的美丽，眼力独到

琥珀色令人钟爱，它典雅、灵动而不过于张扬，其韵味如同岁月雕琢出来的美人，叫人无限遐想。

琥珀色介于黄色和咖啡色之间，又难描绘出它的具体色相，它的色彩与琥珀本身的质地息息相关。琥珀分为透明琥珀、不透明琥珀，以及介于二者之间的花琥珀。不透明的琥珀，习惯称为“蜜蜡”或“老蜜”，此外还有“血珀”和“骨珀”。

“老蜜”指的是出土年代久远的不透明琥珀，为红橙色。“血珀”指出土年代久远的透明琥珀，颜色如同高级红葡萄酒的颜色。“骨珀”是指白色的琥珀。不同的琥珀，在阳光下晶莹剔透，色彩精致美丽。

说起琥珀色，想起一则有趣的故事：

俄国著名的现实主义画家列宾和他的一个朋友在院子里散步，那是一个大雪之后的时日，周围一片银白。这位朋友瞥见路边雪地上有一小片黄褐色的污渍，显然是狗留下的尿迹。他就顺便用靴尖翻起雪和泥土把污渍掩盖了。没料到列宾看到这一幕时却当真生气了。他说，几天以来他总是要到这里来欣赏这一小片“美丽的琥珀色”。

这则琥珀色的小笑话还引出了另一个现实故事：

一个当画家的父亲对他的儿子非常失望，总看不惯儿子的一些做派，没有艺术细胞，昼夜颠倒，留大胡子长头发，整天不修边幅。更恼火的是儿子不征求他的意见竟辞了职，现在连工作也没有了。父亲开始对儿子任意责骂，横眉冷对。儿子一气之下去了深圳。

半年后，画家得知他的一位朋友去深圳出差，便拜托这位朋友打听他儿子在深圳的下落："若是流落街头乞讨，你就帮我带回来吧。"还留给了这位朋友一千块钱。

一个月后，大雪纷飞的一天，这位朋友从深圳回来了。画家听到说没有找到他儿子的下落，脸上一阵失望。朋友劝他去外面看看雪景，排遣一下心中的郁闷。二人踏雪闲谈，此时，这位朋友就给画家讲了这则关于画家列宾的琥珀色的笑话。

画家听后果然跳出了郁闷情绪。他激动地说："画家的眼睛就是不同一般人的眼睛。列宾看到的不是狗尿污渍，这是因为他用另一种眼光、另一种思路去领悟，所以他才发现那是白色背景下的一片'美丽的琥珀色'，常人是没有这种感受的！"

朋友劝他："你怎么不用另一种眼光、另一种思路去领悟你的儿子呢？你为什么视他为狗尿污渍，而不欣赏他是一片'美丽的琥珀色'呢？"

画家顿时愣住了。这时朋友才说出了他儿子的近况：原来他儿子带着500元去了深圳，除去车费和路上的开销后钱包里只剩下240.26元，他只能在某人才市场的一家旅馆睡10元一位的床铺，每天两餐分别用两个馒头和一瓶矿泉水充饥。求职数天落空后，无钱住宿旅馆，又钻进公路边的天桥下的桥洞里睡了半个月，最后又掏尽身上仅有的20元钱买了8根甘蔗、一个小桶、一把刨刀，在街上叫卖甘蔗……

听到这儿，画家眼圈发红，但还是嘴硬："自讨卑贱，活该！"接着又责怪说，"你怎么不带他回来？"朋友说："你的儿子后来到一家杂志社当了编辑，白天组稿编稿拉广告，夜晚还常常写稿到凌晨一点，发表了五十多万字的中短篇小说，社长给他加了月薪。现在他又涉足广告业，开始做自己的蛋糕。据说最近与一个商家签约了一项广告合同，拿到了八万元的提成，掘到了到深圳后的'第一桶黄金'……"画家终于低头称道："他原来也算一片美丽的琥珀色……"

两个小故事，令琥珀色有了深意。换一种眼光、换一种思路，色彩竟能幻化出神奇的力量。

有时抱怨生活，却是因缺少眼力，色彩在看你，你却看不到它。成长是一种互动，发现生活中"美丽的琥珀色"令成长更精彩和灿烂。

[小笔记]：琥珀色不宜大面积上身，定要有其他色系或配饰搭配。琥珀色更适合成熟女人，凸显高贵典雅气质。男人穿琥珀色易显老气，肤色不灵光的人就别拿琥珀色开心了。

米色，那一抹难忘的温柔

米色是介乎于驼色和白色之间的一种都市色彩，它具有驼色的优雅大气，但又比驼色多了几分清爽宜人；它具有白色的纯净浪漫，但又比白色多了几分温暖和高贵。在都会女子的衣橱里，米色没有橙色亮丽，没有黑色经典，它的穿着率却是极高。

在色彩家族中，米色——含蓄，优雅，时尚。米色的意味近似灰色，在一些设计上很有都市味的品牌那里总能见到一些款式往往只有米色和灰色两种色系，这两种色彩共通之处都有含蓄内敛的都市气息，只是灰色偏冷，而米色偏暖，更令人向往。

香港女作家张小娴最爱米色。她的衣橱里，米色的衣裙尤其多。她一向主张："冬天穿米白色就是好看。"

女人对颜色的喜好彰显女人的品位。

喜欢米色的女人，总是知性，优雅，有一丝安静，一份洒脱，又婉约清丽，有淑女气质，最特别的便是那一抹难忘的温柔。

米色又适合春天。在春风扬起的美丽季节，米色好似一杯温热的奶茶，在喧嚣的都市中，为我们牵一缕简约而不炫目、美丽而不浮华、轻浅而富有内涵的雾霭，让我们在春日的醇厚欲滴中找寻最本质的自己。

在色彩搭配上，米色几乎可以与任何一种色彩搭配，甚至包括活跃的红色和绿色。这种柔和的基本色能够以最低的数量发挥超群的搭配功力，而且绝不拘泥于各个年龄阶段。

米色，干净、内敛、含蓄，搭配米色的单品最好也为单色，带有太多图案和花纹的搭配会破坏米色的整体感，周身最好不要超过三种色彩。两种色彩的搭配最安全，如米色及膝裙加白色衬衫，米色无袖背心加黑色长裤。有心思的，还可以加一些饰品来加强整体形象的活泼感，如藏青色T恤和米色长裤的搭配中，可以用红色手袋或红色高跟鞋、红色丝巾等来点缀。

米色的性格偏暖，饰品选择起来也要遵循这个原则。铂金、银等色彩偏冷的饰品就不如金色饰品更适合米色，珍珠带有温暖、莹润的感觉，跟米色也般配。

米色不张扬，悄然流动魅惑的曲线，暗自妖娆。

女人爱米色，不抢风头，内心却也千回百转，吐露芬芳。

做个米色女人，留给男人一抹难忘的温柔，何尝不是种浪漫？

[小笔记]：米色挑气质，女人了解自己再选米色不会错。年轻女孩不急着穿米色，今后的机会一大把。米色要紧的是选好配饰，温柔中带点俏丽，是绝色。

珊瑚色，四大花旦之首

珊瑚色如同海边漫步的花季少女，娇俏的身段、诱人的脸色，还有好听的名字。

正是花季，珊瑚色多以珊瑚红的姿态高调现身，那种最艳最正的红，惹得周遭暗淡一片。

在清三代彩釉中，珊瑚红是一种珍贵的低温铁红釉，发色如同天然红珊瑚，因此而得名。它颜色华贵，在清三代的很多彩瓷中都使用其作为底色釉，用来制作品质精深的珐琅彩瓷、五彩瓷、粉彩瓷以及单色釉瓷。

因此珊瑚红几乎要霸占珊瑚色的全部。其实还有低调的玉珊瑚和粉珊瑚、橘红珊瑚色。

玉珊瑚又叫白珊瑚，剔透的珍珠白，如月光洒下，有种婉约的华美。

粉珊瑚是一种带有奶油色调的淡粉色，又叫“孩儿面”，带着粉嫩与甜美。那是娇羞的少女，惹人怜爱。

橘红珊瑚色，橘与红混合，无比炫目。

流行色是每一季T台时尚的华丽指标。今年流行色谱的四大当家花旦是华丽妩媚的珊瑚色、抢眼动人的明艳黄、素淡高贵的珍珠粉和深邃优雅的深海蓝。珊瑚色成为四大花旦之首。这一季，珊瑚红随着各大设计师的创新灵感翩翩而来。带有清纯粉嫩与惹火粉红的珊瑚色系，成为本季的设计灵感领军色。珊瑚色以红色为基本色调，但并不死守这一色，有带着妖艳的偏桃红，还有迷人石榴红，多层次的红，再加上一点点的黄色做点缀，色彩明快、温暖，新鲜、富有生机，最适合黄色肌肤的亚洲人。

今年最当红的彩妆色彩便是比粉色深一些、比红色柔一些的珊瑚色。这一抹含蓄却不乏耀眼的珊瑚色大唱主角。珊瑚系彩妆——橙中带粉，粉里透红的颜色，叫人看了就放不下。因为它总能适宜地让脸色处于一种刚刚激吻过后的媚态，还能与各种风情万种的时装交相辉映，以满足女人既要性感又要可爱的猎猎小野心。

珊瑚色的双唇能够轻松营造出甜美女人味，映射出波光粼粼的莹润唇彩，散发出明星一般的惊艳感。鲜红色的嘴唇带有一种标志性的美艳，却不是任何人都能完美驾驭的。对于嘴型比较大的女人来说，同样红调但更显柔和的珊瑚红就是最佳替代品。像安妮·海瑟薇这样的大嘴美女，选一支带有幼滑质感的珊瑚红色唇膏，立即将XL size变成XL sexy；玛丽昂·歌迪亚搭配正黑抹胸长裙，再配正红色唇膏未免太保守，珊瑚红才够范儿；身着艳粉衬衫的艾曼纽尔·贝阿，论妆容能压得住她这身打扮的，又不能暗到让人想打手电筒，只有粉珊瑚色能圆满完成任务；出演《憨豆先生的黄金周》被称为法国“憨女郎”的艾玛·德考尼斯，曾为《花花公子》拍的一组粉红封面，直接PK掉莉丽·科尔，她以橙色珊瑚色系出场，皮肤的红晕与光泽和她亮闪闪的水晶小礼服遥相呼应，将女人的可爱与性感合而为一；《加勒比海盗4》环球热映，法国女演员阿斯特丽德·伯格斯·弗瑞斯的美人鱼造型一出场就艳惊四座，珊瑚色妆容打造梦幻美人鱼，除了影迷的等候，连彩妆界也为她疯狂……

珊瑚色，别管是眼影还是腮红，或者唇彩，已经到了让你非买一盒不可的程度了。特别在红毯上，珊瑚系的出镜密度极高，女明星争奇斗艳，费尽心思。自从Dior国际彩妆专家Shane Paish将珊瑚系彩妆推出后，各路女明星纷纷效仿。粉珊瑚，让艾曼·纽尔的眼睛变得神采奕奕；橙珊瑚，让艾玛·德考尼斯的皮肤变成了金棕色，由内而外地透着有光泽；红珊瑚，令玛丽昂·歌迪亚的红唇光芒四射，醒目而不招摇……

带着浓烈与妖艳的珊瑚色，就像夏季诱人的石榴让人垂涎欲滴，欲罢不能。醉人而不夸张的珊瑚色，无论眼妆和腮红都有脱颖而出的效果，但化妆技巧切不可马虎。

珊瑚系彩妆的重点，就是一定要有一盒珊瑚色的腮红或者颜色彩盘，沿着笑肌下方向上晕染，薄薄一层就够。金珊瑚、粉珊瑚色都能让脸颊看起来更有立体感，而且健康、自然。如果用作眼影，颜色不要过深，通透感很重要，带细腻闪光颗粒更好。珊瑚色系的腮红会让面部更加自然，但是切忌腮红的位置不宜过高，否则让妆容有压迫感，最好以横扫的方式随意上妆，可让妆面更加具有亲和力。如果你够大胆，不妨让腮红的珊瑚色跨过鼻梁，别有一番天后的滋味呢！

珊瑚色眼妆化不好会产生浮肿感。在上妆前，最好用接近肤色的眼影为眼睑打出轮廓，对珊瑚色起到很好的收敛作用，为整个妆容打下基础。其次以简便的方式来画眼影，而加重在眼尾部分的涂抹，突出层次感。在上眼睑处叠加珊瑚色系的亮粉，突出眼部的光泽度。最后用黑色眼线笔来勾勒眼线，睫毛膏则选择纤长系列最合适，使眼睛显得更大、更有神韵。

在服装方面，偏橙、偏粉的珊瑚色系在着装比例上应该按大面积色块划分。黑色配件是珊瑚红色最合拍的搭档。如果想尝试另类时尚，巧妙地运用蓝色、绿色的叠加对撞也是不错的点子。

明媚多彩的珊瑚美色，摄人心魄，勾勒出女人丰美年华。

经典的珊瑚色妆容，不仅仅令你夺目，更能暗暗提升你的桃花运！五颜六色中，女人最不该错过珊瑚色。与桃花相映成趣的唯有珊瑚色。

[小笔记]：无论是温婉派还是活力系，都适宜珊瑚色。眼妆、腮红、唇彩致命三角区珊瑚色演绎起来游刃有余。珊瑚色能令你脱颖而出，但记得要分清主次，少而精才能成点睛之色。

灰色堕落

灰色，一种不温不火，游离在黑与白、对与错之间的颜色。

谈起灰色，总觉萎靡。

满眼的灰，提不起精神，叫人堕落。

如：灰色的记忆，不堪回望。

又如：灰色的人，悬在生死边上，令人唏嘘。

再如：灰色女人，更是叫人心碎断肠。

那个灰色女人叫阮玲玉。她的故事里能看到大片大片的灰色。

她是一个怎样的女人？

快乐时，她便轻盈地把头一侧，薄唇轻启，嫣然一笑；眼睛笑得更弯，也更妩媚，在唇角边还浮出一个逗人的浅窝。

悲伤时，那流丽的眸光顿时蒙上一层水盈盈的泪花，从泪眼中露出哀怨的神情。

她把女人演绎得千娇百媚，内心偏偏又极有情趣——

那个年代为阮玲玉着迷的男人何止千万。阮玲玉有一只小藤箱，里面装满了青年男子对她的吹捧和求爱信。她既不加以嘲笑，更不忍心将这些痴心人的信撕毁，就把它们藏在这藤箱里，上面加了把锁，还贴了一张纸，写着“小孩子的信”。

这样的女子难怪万人痴迷。阮玲玉的美丽别人学不来。

心有巧思，貌又绝佳，女人做到这个份儿上，却过不了男人这关。

生命中的两个男人为她醉生，却又让她梦死。

她渴望嫁一个老实、温柔和多情的丈夫；她只在乎爱情的始终不渝；她希望自己爱的男人能浪子回头。

命运却粉碎她的愿望，令她变成了灰色。她无力抗争，两个男人对她苦苦相逼，她干脆一死了之。

她把几十颗安眠药倒进母亲为她烧的八珍粥里，一口口喝下去，结束了二十五岁的年轻生命，只留下四个字：“人言可畏。”

那个千娇百媚、颠倒众生的女明星一夜之间香消玉殒。

过不了男人这关，女人便不独活。

这等烈女是该褒奖还是可惜？

没有爱情的始终不渝，没有自己爱的男人浪子回头，没有嫁到一个老实、温柔和多情的丈夫，女人便堕落下去，再不多活。

把自己的性命交到男人手上，才不顾自己美丽芳华，这样的女人让人敬还是让人畏？

灰色女人过不了男人这关，便过不了自己这关。

她们美丽、心高又有情趣，一旦感情变灰色，便功亏一篑，万劫不复。

灰色女人最缺的便是内心的那堵墙，没有坚强支撑，那堵墙随时随地会崩塌。

一子错，满盘皆落索。灰色女人的堕落大抵如此。

[小笔记]：灰色上身，定要有闪亮的配饰或颜色做点缀。不然灰头土脸的女人，终要堕落下去。

粉色，曾经的蜜糖

女人在粉色少女的年纪，都是男人的蜜糖。

粉脸粉嫩，一身粉红，娇羞欲滴的美少女在男人跟前一站，蓬荜生辉，立刻迷死人。

少女与熟女的差别就在这粉粉的脸色。

水嫩得想马上咬一口的苹果脸，只属于少女。

如今嫩模在香港颇为流行，掀起一阵粉红风暴。在经济危机风潮下，人们不是怀旧，却是崇拜更新鲜的东西。

少女大行其道的时候，连熟女也要跟着扮嫩。

四十几岁的林志玲要保持娃娃音，声音发嗲，眼神娇俏似少女。

年纪更大的萧蔷不甘落后，衣服越穿越低，脸上的脂粉越涂越厚，越来越高的发际线和越来越僵的脸令人担忧。

还有关之琳，这个众星捧月的美人，几乎美丽无敌，只有李嘉欣能与之匹敌。可惜这两个曾经被富商刘銮雄包养的女人，李已成功嫁入豪门，关美人似乎不相信皱纹，离婚后仍混迹娱乐圈……

美人迟暮，还要拼命装嫩，其中的尴尬与心酸连外人都一目了然。

女人过了三十，何必再对粉色较劲？

如花美眷，终敌不过似水流年。

坦然接受岁月的洗礼，失去粉嫩，收获五彩，是另一种升华。

曾经的蜜糖，敌不过岁月，日子久了，终成砒霜。

不必对粉色耿耿于怀，不适合自己的能及早拂袖而去，才是聪明的女人。

[小笔记]：粉色，一段时间热衷就好，没完没了地霸占着衣橱，男人都看不过。可爱的色系要可爱的脸蛋配，用粉色掩饰年龄，荒唐又好笑。

将裸色进行到底

最性感的颜色，非裸色莫属。

裸色源自于嘴唇、脸庞与身体，接近皮肤色。裸色虽清淡，却最能在不经意间流露出女性含蓄的柔美、优雅与性感。

在色彩学上的界定，裸色一般指肤色与肉色，也可以包含米白色、米黄、淡黄色，再广义来说甚至还可以包含粉色系列，如藕荷色、粉红色、淡粉、粉绿色，其他像褐灰、石青、饼干色、燕麦色、淡棕色、象牙色等也都属裸色之列。

美宝莲纽约全球副总裁奥瑞雅·莱特（Oreea Light）这样定义裸色："我们所说的'裸色'，指的是这个人的肤色，它在不同人身上全然不同。换言之，我的'裸色'与你的'裸色'是两种颜色。'裸色'是调和色。针对的人群不同，'裸色'也不一样。我们的色板里有一个叫作基础色的东西，更偏向于自然的肤色。裸色与自然色不一样，它不是完全透亮的，而是以肤色为基础，起到美化肤色的作用。所以我们常看到的裸色的眉粉，不会是原有的自然色。眼部的裸妆也是这样，它会比你的皮肤稍浅淡些，或稍浓重些，这样才会让人看起来更俏丽。我们所说的'裸色'，都是调配过的。"

裸色的最早流行是在洛可可风格盛行的18世纪，那时这种"细皮白肉色"曾经风行一时，是一种非常妩媚的色调，最受时髦女性的青睐。虽然东方人的肤色并不适合驾驭裸色，这灰色的粉、浅白的米，总嫌不够明艳分明，但它还是红了。今天的裸色更是风行一时，如果你的衣橱里没有一件裸色单品，连男人都要说你差劲了。

今天的裸色，没有矫揉造作的妩媚，更多了洁净与整齐的意味。这当中或许还带着点冷漠，却更显得自然、本真，就像今天的白领女性给人的印象。

“裸色的流行使得每个人看起来都像是素面朝天、不施粉黛。这中间有更深层的东西。它显示了人们的内心，她们希望用自然的状态示人。”奥瑞雅·莱特说出了女人的心声。现在的都会，谁还钟情浓妆艳抹呢？

裸色最早在彩妆界风行。由日本兴起，席卷全球的裸妆，裸得清透自然，淡得别有风情，不着痕迹地把女人变美。卸下浓墨重彩，回归自然赤裸，有一番浑然天成的美丽风情。这种通透无瑕的自然化妆术，因为摆脱了过往浓妆给人的“面具”感而大红大紫，成为当下女人的至爱。

裸色从唇妆延伸到面妆，再从妆容蔓延到时装。裸妆变裸装，大色块的裸色有女性返璞归真的心理诉求，也催生出她们自我欣赏的审美情趣。“裸色装”无疑成为今年流行时尚TOP ONE的地位。裸色因为与肤色最相近，柔和中带出特有的知性气质，让不同stgle的女性都能尝试到裸色时装带来的高雅味道。裸露或许不雅，裸色却是高级的美感趣味。

裸色被称为“丝毫没有侵略性的颜色”，它带着难以捉摸的神秘感悄悄占领时尚界。不论是明星们穿着华丽的裸色晚装，还是日常生活装扮的裸色，那种似有若无的裸露，总给人一种欲语还休的性感。近年来的T台上，一再能看到裸色的跳跃，时尚的风潮日益呈现出从成熟走向年轻，从繁复走向简约的裸色趋势。Nina Ricci、Valentino、Fendi、Chanel以及Burberry Prorsum的发布会上，让人惊艳的是裸色从裙装蔓延出高腰萝卜裤装、短款风衣、机车外套、披肩式小夹克等多样款式，为女性的柔美风格加入丝丝性感诱惑。

裸色成为了时装界的时髦色，它的地位几乎与黑色比肩，被称为“新的黑色”。它像黑色一样内蕴丰富，能演绎出风情万种的范儿。裸色搭配要有小心机，它并不比黑色好搭。奥瑞雅·莱特强调：“裸色是较为单一的色调，多少会令一些人感到厌倦。为了打破它的单调，可以使用同色系的颜色进行搭配，比如米色、浅驼色、咖啡色等等，看起来有层次，也富于动感。”

裸色与肤色接近，一面衬出柔美淡雅的气质，一面却最难掩饰你的身材和肤色的缺点，尤其是东方人。如果身材不灵光，面色晦暗，尽量避免选择贴身轻薄的裸色款式。那些宽松剪裁、有质量感的面料或有修身设计的裸色款式更适合普通身材的人穿着。宽松的裸色衬衫或T恤几乎适合所有身材的女性，是低调的首选，下身可搭修身裤装。如果想拉长腿的比例，记得要配一双裸色高跟鞋。30+的女性，宜选择复古的金色或较深的裸色，凸显成熟的妩媚。

在各式裸色中，挑选出最衬你肌肤的那一款，才算搭配成功。裸色搭配有小技巧，用糖果色单品来为裸色提亮，是搭配的捷径。最有心机的是小范围使用黑色蕾丝，会瞬间令衣服拥有特别的品质。

裸色带来清透和淡雅的感觉，非常适合夏季。裸色连衣裙是复古达人女孩的最爱，小优雅又带点小俏皮；裸色衬衫搭配驼色裤装，更是OL装扮的典范。

裸色搭配还有一条法则：如果将裸色运用在上半身，则要选择比自己肤色更深的裸色。较浅淡的裸色只适合白皙的皮肤。浅花灰、虾玉色与杏色是一组柔和、女性化而又温婉的色调，当清新自然的色彩遇到繁复细致的创意设计，便能增添几许飘逸迷人之感。肩位的蕾丝与流行的跌肩设计相结合，加上前幅精巧细致的烫石，用精致的细节在低调之中彰显品位。搭配浅色系印花牛仔裤，展现修长的腿部曲线。宽幅腰带能提升整体造型，再搭配裸色高跟鞋呼应，看似简单却浑然一体。想再精致些还可佩戴以裸色或浅金色为基调的镶彩钻耳环或手链等首饰，既能低调地隐形于人群，被人发现时又不会过于普通，最适合内敛的女人。

裸色搭配还可以用深浅裸色去呈现色差，不但有层次感，又不会颜色错乱、没有重点。同时还要避免大片的褶皱。整片式的褶皱不但不能显露身材，只会凸显老气。有心机的女人是要做好调整裸色系服饰的平面感。聪明之举可在腰间系一根细腰带或长丝带，收紧腰身，身材立刻就会玲珑俏丽起来。饰物搭配裸色是必备，什么包包、鞋子、腰带、丝巾、饰品都要时时拿出来点缀才好。

裸色服饰还有一大亮点，它能让你的肌肤更富有光泽感，会有意想不到的“减龄”作用！今年，裸色风潮更是一时无两、风头强劲。而这一季的手袋与鞋子也都用上了柔美的裸色调。由裸色带动的简单奢华风、浪漫田园风，如花朵印花、褶边、丝带等，更受到女性极致主义的追捧。

今年裸色更是蔓延到男装领域大行其道，早已不是女性的专属了。在“男色时代”，裸色搭配简单，又能低调展现男士魅力，想要“绽放”却不想张狂，正暗合男士偷偷爱美的心理。从Givenchy的裸色马甲，到裙裤难辨的半截款下装，再到YSL低到肚脐的裸色西装，男人不但要露“事业线”，也在色彩方面不让女性专美。男性裸色魅力带来的视觉冲击可并不比女性逊色哦。

这裸色啊，疯狂来袭时，男人女人谁又能抗拒得了？

[小笔记]：裸色最挑肤色，面色蜡黄还顶着裸色装出去会吓到人。女人裸色搭配技巧该熟记于心，亮色搭配、饰物搭配、层次搭配一个都不能少。男人穿裸色则要记下：轻盈布料叠加、善用配件点睛、款式简单却要有型。对女人还要补充一点：选内衣，当然首选裸色加蕾丝的那种哦。

小麦色，美黑主义要成名

美黑一族何时发家的?

小麦色的肌肤何时成了新宠?

呵，那要找撒旦来问。撒旦何许人也？这位皮肤墨黑的家伙就是神话中黑暗势力的头目。

据歪史传说，撒旦原本是天使长，出去度假时因为没有做好防晒措施，一不小心晒得太黑了，之后补救又失败。于是，受到以白皮肤为荣的天使们排挤，他一怒之下自立门户，建立起了自己的王国——美黑一族。

没想到，撒旦“误入歧途”的经历竟然成了今天的流行，天使般雪白的肌肤似乎渐渐失去了压倒性的优势，越来越多的“叛逆者”追逐起了健康的肤色，小麦色大行其道。古铜色和巧克力色也跟着吃香喝辣了。

为了美黑，各种手段都用上了——

晒太阳床。这个庞然大物的太阳床内壁铺满了48根灯管，这些散热的灯管中含有惰性气体，经过电加热，辐射出UVB光线刺激人体表皮里被称为“黑素细胞”的特别细胞（在表皮的细胞中仅占有5%），从而产生黑色素。

仿晒品。“仿晒”就是模仿日晒后的效果，即涂抹一些仿晒产品，让你在不必承受晒伤危险的同时，短时间内使你的肌肤马上拥有巧克力色的效果。而且不用晒黑，就像裹了一层浅巧克力色的奶油核桃，内在不变，只是外表短暂改变。

天然浴。这是最省事的一个方法，没事就晒太阳，直到肤色变黑为止。

伪晒妆。用深色的粉底化一个美黑妆，连晒太阳都省去了，懒人聪明最不稀奇。

小麦色美黑代表当属港星古天乐，他可有一套宝贵经验。古大帅哥为了晒黑，将太阳灯随身带在身边，去到哪儿，晒到哪儿，效果也颇显著。他由白面书生一下变成了巧克力硬汉。人气飙升，立刻成为一线帅哥。现在已经晒到功成名就的古天乐，时不时还会出海晒太阳。他的口号是：走到哪儿，晒到哪儿。

男人美黑，身价倍增。女人却要慎之又慎，如果你没有碧昂斯这样的身段和声线，披着巧克力出来，会被男人一棒打死。

[小笔记]：小麦色配白色迷死人。美黑王国的人忌黑，黑穿黑会咬到手，出力不讨好。国人还是钟爱白皮肤，尤其一些女明星，用尽各种美白针，恨不能白得像卫生纸一样才肯罢休。

糖果色，小甜心

你还记得小时候收集的五颜六色的漂亮糖纸吗？

每颗糖果甜蜜地吃掉，却不舍得丢弃明艳缤纷的糖纸，一张张洗干净夹在书里，收集起来。每每翻开书，各种色彩都跳跃起来——粉色、桃粉、艳粉、橘色、粉蓝色、粉绿色、粉黄色、明艳紫、柠檬黄、宝石蓝和芥末绿……那是孩子气的满足。长大后却依然钟爱糖果色。

在沉闷的冬天，在一片灰黑的色彩包围中，搭上一条可爱的糖果色围巾，整个人气色焕然一新。爱美的MM干脆穿上糖果色大衣，立刻成为人群中的焦点。儿时的甜蜜仿佛都从这耀眼的糖果色中流露出来。活力的女孩儿才不愿意流于平庸，被这灰黑淹没，糖果色上身，瞬间就有出彩的惊艳。

美宝莲纽约全球副总裁奥瑞雅·莱特（Oreea Light）说："选择什么样的颜色，反映人们处于怎样的心情。在亮色中，你可以看到一种乐观主义。这是对于经济形势、对于未来的乐观。这种乐观还包括善待他人、反对战争，人们的心态不再那么阴郁，选择的颜色也不再那么哀伤。"

如今色彩流行风暴席卷而来，谁还会抗拒这赶走阴郁的糖果色？

那些肆无忌惮的色彩像不安分的小精灵一样冲撞着所有人的眼球。一些嫩到不能再嫩、跳跃到不能再跳跃的色彩统统都在时尚舞台上欢快地展示着。年轻、放肆、灵动、热情、奔放、炙烈……一切你能想到的有灵气的词汇都可以用于形容糖果色。女人爱它，却又对它的驾驭忐忑不安。糖果色恐怕是最难搭配的色系了。

其实糖果色搭配是有小技巧的。最保险的颜色搭配法是选择同一色系的叠加搭配，或者是用简单的黑白色和淡色来“压”鲜艳的颜色。“全身最好不超过三种颜色”的金科玉律在糖果色面前尤其适用。大面积运用糖果色的时候一定记得要用素色来陪衬，这点相信是大部分人都深谙的原理。穿得像调色盘的人总有些滑稽，选择单色的服饰或配饰来搭配你的糖果色单品才不会出错。

可爱感十足的糖果色也需要同样可爱的心态和妆容，不是所有女人都适合配合着糖果色回到十八岁那年的美好。不同年龄的女人要选择好糖果色衣服的款式。不想太惹眼的话就可以把糖果色放到下半身，特别适合OL的搭配法。OL不能穿得太扎眼，那就选择下身炫色法吧。短裤、短裙、长裙，都可以运用糖果色，但长裤就比较忌讳浓烈的色彩了。

高明度的色彩一身不得多于两种，主次要分明，并列同等地位的两种艳色是时尚的一种灾难。有些明星为博眼球，把多种糖果色堆在身上，活像一只色彩斑斓的鹦鹉。现实中这样穿定会成为笑柄。最好把图案和糖果色融合，能降低糖果色的难穿程度。把图案作为衣饰的主角，糖果色退而求其次成为配角的话，别人就不会挑剔你不适合穿糖果色了。

糖果色是女人的小甜心。不管岁月走了多久，糖果色的小精灵驻足在女人的小宇宙里不安分地撩拨着一颗又一颗的贪美之心。

[小笔记]：糖果色连衣裙+厚底高跟鞋无疑是这一季最IN的装扮。时尚圈有一条定律：膝上10厘米是最性感的尺度。糖果色短裙这个长度最恰当。纯度100%的糖果色，可以令熟女瞬间减龄五岁。糖果甜风，最不能错过。

淡色女人

与淡色相关的色彩都有一份雅致。

淡粉、淡蓝、淡黄、淡绿、淡紫……色彩淡淡地来，像童心未泯的少女，不经意地一笑即是纯美。

淡色的雅致虽不抢眼，却持久耐看，衬出气质。

女人把淡色气质穿上身，更胜一筹。

淡定、淡然、淡雅……那样的女人一亮相，气场都会与众不同，不单男人被吸引，女人亦会注目。

那是种特别又波澜不惊的气质——不艳俗，不慌乱，不盲目，不喧哗，不失礼……女人的粗糙都舍弃，最后留下的就只有优雅淡定。

三十岁以后，就做一个淡雅女人吧。

约会的时候淡粉，一笑百媚；

工作的时候淡黄，不偷懒，不熬夜；

家居的时候淡蓝，劳逸结合；

外出的时候淡绿，融于山水间；

……

淡色女人，气定神闲，她们——

不再为一个男人小鹿乱撞，失去后又哭天抢地；

不再轻易离开一个男人，路长情更长；

不再任意哭泣，不分场合；

不再为琐事耿耿于怀，患得患失；

不再苦苦煎熬自尊，追求不属于自己的东西；

不再爱恨一瞬间，经不住感情中的反复；

不再拒人于千里，又爱人在朝朝暮暮；

不再变本加厉，日夜打拼；

不再跟男人唱对台戏，任性也是臭脾气；

不再不遗余力跟青春赛跑，做恨嫁剩女；

不再小气、焦急、不讲道理；

……

淡色女人不会因岁月变淡，沉淀愈久的淡雅才是最极致的优雅。

[小笔记]：淡色搭配最当心的是脸色，淡黄脸色再配淡黄上衣，必死无疑。肤白配淡色无禁忌，肤色不正，淡色便要小心。

Part 3

眉目传情笔记，由里及外色眼识人

秋香色，不可言喻

秋色又带香色，那是怎样的一种颜色？

那样的颜色混搭在一起，像一首新奇的诗，要好好品一品。

秋色，在古语中表示“白色”。

李白有这样的诗句：“不知明镜里，何处得秋霜。”其中的“秋霜”，就是白霜的意思。

那么香色呢？

那颜色其实是指檀香和沉香的颜色。沉香，是一种植物，木材质地坚硬而重，略带黄色，又有淡淡的香味。檀香又有点暗绿。檀香和沉香都美得让人意外。

秋色加香色，便是秋香色。它是白色加黄色，接近浅橄榄色，还有一点点绿，再加一丝丝香气。但又不是那种普通的浅黄和淡黄或是黄绿，终究是一种不可言喻的色彩。

这样一种奇妙的颜色恐怕只有曹雪芹能说得清、道得明。

《红楼梦》第八回，贾宝玉走进薛宝钗的屋子，曹雪芹从宝玉眼中写出宝钗的服饰神情，然后笔锋一转，由宝钗眼中看宝玉，只见他：“头上戴着累丝嵌宝紫金冠，额上勒着二龙抢珠金抹额，身上穿着秋香色立蟒白狐腋箭袖，系着五色蝴蝶鸾绦，项上挂了长命锁，记名符，另有一块落草时衔下来的宝玉。”

这一身打扮，未见过，只想象便已夺目。

第三回，写道：“老嬷嬷引黛玉进东房门来，临窗大炕上铺着猩红洋毯，正面设着大红金钱蟒靠背，石青金钱蟒引枕，秋香色金钱蟒大条褥……”

秋香色金钱蟒大条褥，直觉得高贵扑入眼帘，尽显贵气。

第四十回，贾母提到一种如蝉翼般的窗纱，叫作“软烟罗”，“那个软烟罗只有四样颜色：一样雨过天青，一样秋香色，一样松绿的，一样就是银红的，若是做了帐子，糊了窗屉，远远的看着，就似烟雾一样，所以叫作‘软烟罗’。”

如烟雾一般的颜色来喻秋香色，既新奇，又梦幻。

一零九回，写到妙玉的打扮：“只见妙玉带妙常髻，身上穿一件月白素绸袄儿，外罩一件水田青缎镶边长背心，拴着秋香色的丝绦，腰下系一条淡墨画的白绫裙，手执麈尾念珠，跟着一个侍儿，飘飘拽拽的走来。”

妙玉的这一身被秋香色丝绦点缀的绫裙，活脱脱如仙女降临，将妙玉脱俗的气质跃然纸上。

还有第四十九回，写到了湘云的打扮：“只见他里头穿着一件半新的靠色三镶领袖秋香色盘金五色绣龙窄褃小袖掩衿银鼠短袄，里面短短的一件水红装缎狐肷褶子，腰里紧紧束着一条蝴蝶结子长穗五色宫绦，脚下也穿着麀皮小靴，越显的蜂腰猿背，鹤势螂形。”

完全一副小子样儿的打扮，众人一见，都觉得湘云比她打扮成女儿更俏丽。

不可言喻的秋香色，被曹雪芹信手拈来，好不精彩。

用品诗的心情去品一种颜色，足见它的罕有和高贵。

[小笔记]：秋香色的衣服穿上身，若款式不好，或者气质不够，都驾驭不好。因为它的罕有和高贵，不是一般人可以随便穿上身的。而一旦款式与气质都般配时，只会引得路人惊叹连连。

烟色，爱意全消

烟色冒出来，立刻火冒三丈。

不喜欢香烟，自然不待见烟色。

女人不喜欢跟烟灰缸接吻，对烟深恶痛绝。

男人也不喜欢跟烟灰缸接吻，却嗜烟如命。

男人女人的恩怨就此看出端倪。

女人劝：戒了吧，求你了。

男人心软时说：一定戒！之后再补充：戒也得慢慢戒啊，医生说马上戒掉对身体不好。

不想做的事情总有万千理由。

女人只好拿怀孕、孩子摊牌。这一招管用，男人立刻不在家抽了。只是这一招早晚要失效，关在阳台上抽就已给足女人面子了。

都知道鲁迅是个烟枪，有段趣事：

鲁迅喜欢收藏明信片，其中有一张最有趣。这张明信片是从苏联友人那里得来，画面上有一对外国情侣，人物像剪纸，颇有艺术感。女人吸烟，男人别过脸去，下面有一排字："如此嗜烟，使我对她爱意全消。"

有趣的一句对白，看得人心领神会。

现实里恐怕都是女人别过脸去，心里恨恨地碎念这一句。

鲁迅特别喜欢这张明信片，或许是对他自己嗜烟如命的自嘲。鲁迅能在一夜间吸上两至三包烟，有点骇人听闻，却是他后来早逝的重要原因。

许广平曾这样描述过鲁迅的烟瘾："鲁迅吸烟一刻不停，一支完了又一支，基本不用火柴，那不到半寸的余烟就可以继续引火，所以每天只要看看地下的烟灰、烟头的多少就可以窥测他一天在家的时候多呢，还是外出了。"

埋怨里透着深情，许广平的心思表露无疑。

女人对男人连埋怨都充满爱意的时候，还有什么不能忍呢？

烟色，忍无可忍的时候，女人也有另一种收获。

就像一首老歌唱道：想念你的笑/想念你的外套/想念你白色袜子和你身上的味道/我想念你的吻和手指淡淡烟草味道/记忆中曾被爱的味道……

也许女人只有在深爱一个男人时，才会包容他身上无处不在的烟色。

[小笔记]：烟色跟吞云吐雾分开的时候，其实蛮有味道。烟色的纱裙再配以黑白色点缀，最是华丽一转身。

夜色，微凉如水

夜色总令单身的男女惆怅。

“还没有认清楚日的隐约，夜就盛大地来临，其间一刻，明与暗，爱与不爱，希望与绝望，一念之间，就是黄昏。”

黄昏的时候心就开始冷了，暗夜袭来，更叫人凉薄。没有枕边人的孤寂是最不能与人诉的。

微凉如水的夜色能让白天胡乱忙碌的你立刻清醒起来，原来一天是为别人忙碌的，自己终究是一个人。坐看牵牛织女星的浪漫从来没有。

在情人眼里，夜色却是最盼望的甜蜜时分。

夜色一来，人亦胆大，卿卿我我，热闹一番。

恋爱的精彩都在这夜色里了。

陪你看夜色的那个人亦是最难忘。日子再久，回忆那个共赏夜色的不眠夜都是人生好滋味。

对夜色的爱恨情仇与恋爱息息相关。

盼夜色的人，不必问，再凄冷的夜都有情人的温暖体温；下了班仍不肯回家的人，也不必问，对他们来说，最渴望的幸福不是回到家自己打开孤清的门，而是轻轻按下门铃，有人为你开门，微笑间饭香扑鼻……

J说，她的情人是在圣诞节的夜里送出戒指的，从此她的每个夜晚都是幸福的眷恋。

Y说，她的男友是在某天夜里跟她提分手的，隐藏在夜色中，他才有胆量说分手，这样的男人她看不起。从此夜晚来临便是梦醒时分，那道伤愈夜愈痛。

爱情故事在夜色中轮回。

甜蜜的时候溺在夜色里数星星，悲伤的时候最怕走夜路；

爱着的时候，他陪你看遍日出，看尽夜色；

不爱的时候，他把你抛弃在夜色里，再不回头；

热恋的时候，在夜色里等几个钟头都是甘愿；

失恋的时候，藏在夜色里哭得昏天黑地；

珍视你的时候，会趁夜色给你一个出其不意的吻，一瞬间电光幻影，难舍难分；

放弃你的时候，泪从夜色中来，他却忽略不见；

想念的时候，夜夜笙歌，魂牵梦系；

决绝的时候，夜不归宿，形同陌路……

无尽的夜色，有欢愉，有悲伤，都在人生的故事里圆满。

每个人的夜色都有它的炽热与微凉。

炽热是美好，是分享与回味。

微凉是寂寥，是消磨与遗忘。

[小笔记]：夜色再美，总有三分毒，熬夜的人终熬不过岁月；夜色再荒凉，总有新的一天。人生际遇不外乎这黑与白。

五颜六色，狠到极致便是妖

把五颜六色都拿出来打扮，那是铁了心地爱美。

女人不肯亏待自己，每一种颜色都不放过。

聪明的女人，懂得搭配，身上七八种颜色都不过分。

对美学无常识的女人，七零八落，把各种各样颜色都堆在身上，像极了小丑。明明多用了心思，却是败笔。

扮美也需天赋。

会打扮的女人，在其他方面亦有成就，息息相关，潜移默化。

见过不少会搭配的女人，胡乱的颜色到她们身上都能穿出味道。

亦舒描述过她眼中会搭配的女人，她们的打扮无懈可击——

“方盈，永远打扮得老五年，大方名贵，却又自然，喜欢各式凉鞋、宽身衣裳，颜色素净：黄、白、米、灰、黑，她穿黑尤其好看。一直给人不夸张的感觉，舒服养眼。最佳优点：特小号的手与脚、秀气。清洁，她永远维持整洁，连粉扑都常常洗。”

还有个女人叫倍莉。

“咱们叫她颜色女郎，美得叫我永远不能全神听她说话。她可以用热粉红配一条紫与黄大花裙子，但是摄人心魄地调和，整个人像梵高画里的大溪地女郎。羽毛耳环，银子象牙与乌藤镯子，高跟凉鞋，每一寸俱是诱惑。优点：那一头长发，见过你才知道什么是黑色的瀑布，修剪得十全十美。对颜色搭配的敏感。”

还有施南生，徐克身边的女人。

“南生并不一定穿精品，有时也白袜子与缤纷凉鞋，配得好，选得适合她，明显地是她在穿衣裳，没有可能是衣裳穿她，颜色不定，鞋子高矮也不定，变幻多端，但是相信我，如果她在那里，你一定见得到她。优点：我所知唯一不穿胸罩但自由自在的香港女郎。身段真好，五呎七吋高，穿什么都不差。”

精品女人不见得生得美，可打扮令她们出类拔萃，尽显高贵。

能把五颜六色都穿好看的女人，她的本事做其他都游刃有余。

看一个女人的能力，只需看她的打扮。能把颜色搭配好的女人，足以证明一切。

还有种女人，以为打扮就是要把五颜六色都堆在身上，貌不惊人誓不休。她们喜欢被注目，不管是用什么吸引方式。说她像小丑，还只是善意的玩笑，说到底，就是妖。

贪婪的女人，五颜六色都不肯放过。其实在打扮这件事上，每放下一种颜色都会有意想不到的惊喜。就像放弃一个不适合你的男人，放下之后，你才明白一个人的生活不知多自在。

[小笔记]：五颜六色搭配好不易，需深厚的功底才能办到。女人的终极目标便是把五颜六色都穿好看。若不懂分寸过火了，只能做个五颜六色的妖精，遭人白目。

肉色，从血脉贲张到俗不可耐

传说，美人萧蔷成名作是一出丝袜广告。萧蔷穿着肉色丝袜出镜，那双性感的美腿，迷倒一片看客，从此萧蔷一炮而红。

那肉色的丝袜功不可没，只是人们记住了肉色，却忽略了丝袜。

肉色，令饮食男女徒生暧昧。肉色再与女人扯上关系时，男人只会血脉贲张。

肉色，不浓不淡，看去似有若无，好不诱惑，那是皮肤的颜色。人们迷恋的其实不是肉色，是肉身。肉色一出现，肉身立刻联想得到，男人血脉贲张也自有他的理由。

女人穿上肉色的裙子，就像穿着自己的第二层皮肤，薄如蝉翼，性感至极。

若不是要赴一订终身的约会，女人也大可不必这般性感。赴约是件私事，非要搭上性感做赌注，恋爱便不再纯粹。

女人偶尔性感，令男人心旌荡漾，若只是卖弄感官刺激，便会俗不可耐。

女明星为了出位，过了青春期便要急急地挤出乳沟。二十几岁，便可以一丝不挂，全裸出镜了。博眼球，拼人气，一脱成名总是捷径。

成名之后再将脱去的衣服一件件穿回来，如舒淇这般，也是条体面的成名路。

娱乐圈的女人把性感当赌注，趁着美貌三围俱佳时，好好赌一把。

丰乳肥臀，红唇微启，媚眼流盼，惹火造型……可怎么看，都似一张上不了台面的挂历，乍一看，血脉贲张；再看一眼，却只觉俗不可耐。

港星吴彦祖这样评价徐若瑄：她是一个既性感又可爱的女人，可爱和性感都集中在一个女人身上，这是很难的。

很官方的一个评价。私下里，吴彦祖却有自己喜欢的女人，交往多年，结婚生子。可见女人性感再加可爱，也未必会去爱，但得体的评价一定要有。

男人选女人，若只单纯朝着性感而去，结果总是短暂，从血脉贲张到俗不可耐，不需太久，男人便会生厌。

女人选衣服，肉色是个冒险。男人选女人，性感不是关键。

肉色选好搭配，令女人活色生香；性感用得巧妙，令男人永生难忘。这样的组合，才堪称经典。

分得清性感和肉欲，才能明白从血脉贲张到俗不可耐，只是转瞬即逝的事。

[小笔记]：高贵的肉色能把女人烘托到极致，过目不忘，蓬荜生辉。肉欲的颜色只会令女人欲不可耐。同一色系，可以隔着深浅万丈。女人总是要分清，是要讨好自己，还是诱惑男人？

纸色，书香满溢

喜欢看书，总会偏爱纸色。

闻着书香，咬文嚼字，自有一番乐趣。

好书之人，一生都在书堆里阅纸色、闻墨香。他们的成就亦令人侧目。

台湾女作家三毛从小喜读书，五岁半时就在看《红楼梦》。初中时期几乎看遍了市面上所有的世界名著。初二那年，为着爱读书的嗜好，不得不休学。从此在家放肆地做书虫，为日后成为大家喜爱的作家立下汗马功劳。

一代武侠小说大师梁羽生只有两个爱好：一是很喜欢吃肉，上学时口袋里经常装着好几个鸡腿，一下课就拿着啃；二就是喜欢看书。少时伙伴们在村子里玩，他独独一个人躲在楼上看书，叫他都不下来。他偏爱古代题材，终于最后成为与金庸齐名的武侠小说大师。

金庸的爱好也只有两样：书与棋。不写作的时候下棋，不下棋的时候写作，不亦乐乎。

看书最了得的还要数钱钟书。有这样一个故事——

一次黄永玉要写一个有关“凤凰涅槃”的文字根据，但一点材料也没有。《辞源》《辞海》《中华大辞典》《佛学大辞典》《人民日报》资料室，甚至北京城的民族学院、佛教协会都请教过了，都没找到！忽然他想起了钱钟书，连忙挂了个电话。钱钟书就在电话里说了以下这段话：

“这算什么根据？是郭沫若1921年自己编出来的一首诗的题目。三教九流之外的发明，你哪里找去？凤凰跳进火里再生的故事那是有的，古罗马钱币上有过浮雕纹样，也不是罗马的发明，可能是从希腊传过去的故事，说不定和埃及、中国都有点关系……这样吧，你去翻一翻大英百科……啊，不！你去翻翻中文本的简明不列颠百科全书，在第三本里可以找得到。”

黄永玉找到书，结果马上查到，解决了所有的问题。

一个小故事，足见钱钟书读书的深广。他的名字“钟书”亦从此处来。

爱书之人令人欣赏，他们埋头于纸色，纸上谈兵，爱读书，巧读书，会读书，真正写出了举世著作。

书香满溢的味道需细细品，千言万语却不足以描绘。

[小笔记]：纸色似有魔力，看上千遍却不厌倦。爱书之人当然好纸色，就像爱财之人看到金色。当下流行环保，以后的衣服该用纸来做。那时纸色变成七彩，一片花花世界。

水银色，婚姻温度计

经常感冒，总要跟温度计打交道。

那细细的一条水银色，神奇地忽高忽低，却跟你的生命健康息息相关。细心的人定要善待它，每一次用完都要稳妥地放好它，感冒来时，它总不辱使命。

听说过婚姻温度计吗?

用温度计来测量婚姻，显得很有趣。

美国丹佛大学心理学家史丹利（Dr.Stanley）博士就设计了一种“婚姻温度计”。

它不是水银做的，它简单到只有八道题：

1. 小小的争执，突然变成大吵，以致彼此凶狠对骂，翻出陈年旧账。

2. 伴侣或爱人会批评、轻视我的意见、感觉与需求。

3. 我的话语或行为常被伴侣误认为带有恶意。

4. 有问题需要解决时，我们似乎总站在敌对的立场。

5. 我不太能告诉伴侣我真正的想法与感觉。

6. 我会认真幻想着，要是换个伴侣不知是何滋味?

7. 在这段婚姻爱情关系中，我觉得很寂寞。

8. 我们吵架时，总有一方不愿再谈，开始退避或离开现场。

这套测题目前被公认为是最简要有效的“婚姻温度计”。夫妻双方适合单独做完这套测试，再进行对照。如果双方都愿意，彼此分享一下各自的评分结果。藉此良机，深入沟通，了解与反省，补足与改进都是妙计。

在美国，大约有三分之二的离婚是“不该离而离”的婚姻。因为这些夫妻并非水火不容，只是彼此厌烦，不再有爱的感觉。

测量婚姻的温度，就像对付感冒，只有确定身体的温度才好对症下药。

婚姻评估的结果，往往会把人吓一跳：当丈夫对婚姻的满足程度给七分时，妻子却只给了两分。

两性之间对婚姻的感受差异悬殊，男人总是后知后觉。有时他们对婚姻感觉良好时，竟不知身边的女人早有离婚打算了。

感冒是个小病，可治疗起来也头痛，十天半个月总要受点折磨。婚姻出了状况却是大病，治不好，毁于一旦，要搭上一辈子。

预防胜于治疗。早早用婚姻温度计测测体温，有备无患。

为自己的婚姻和亲密关系把把脉，这个功课做下来总有好处。

[小笔记]：水银色，高贵又高级，可穿不好也落魄。银色配黑白不会错，若要配其他色，越简越好。贪多，有时会物极必反。爱情里尤其是。

那么色，那么美

颜色的品赏有如品红酒。

唇齿之间，你不是品它浓烈的味道，而是填满一种期待的心情。

一种颜色一种心情，每一种都有它的好赏味。

太平常的颜色，赤橙黄绿青蓝紫早见多不怪，失去了期待的一刻。却还有大把新奇的色彩时不时冒出来，眼前一亮，叫人怦然心动。

那些色，那些美可要细细说来——

酡红：饮酒后脸上泛现的红色。钱钟书在《围城》里写道："也许是给太阳陶醉了，所以夕照晚霞隐褪后的夜色也带着酡红。"

葱倩：说的是草木青翠之色，语出谢灵运的《山居赋》："当严劲而葱倩，承和煦而芬腴。"

绿沈：绿沈亦作"绿沉"，即浓绿色。《太平御览》卷七〇二陆翽《邺中记》中写道："石虎用象牙桃枝扇，其上竹或绿沉色，或木兰色，或作紫绀色，或作郁金色。"《公斋四咏·新竹》也有"一架三百本，绿沉森冥冥"的词句。

鸦青：周汝昌注释为："一种暗青色，比正青色为淡雅。"宋代黄庭坚的《求范子默染鸦青纸》诗之一："极知鹄白非新得，漫染鸦青袭旧书。"杨万里的《八月十二日夜诚斋望月》也有诗："近中秋月已清，鸦青幕挂一团冰。”

茜色：指茜草果实及根的颜色，是带紫色成分的红色。

赫赤：是红色中的一种，泛指赤色、深红、火红色。

松花色：如松花般的嫩黄色，即浅黄绿色，松树花粉的颜色。《红楼梦》中提及松花配桃红色最为娇艳。

松花绿：可以指偏黑的深绿色、墨绿，亦作“松花”“松绿”。也可以指嫩绿色，《红楼梦》第九一回写道宝蟾：“穿了件片金边琵琶襟小紧身，上面系一条松花绿半新的汗巾。”这里说的就是嫩绿色。

橄榄色：绿色系的一种颜色，介乎苔藓绿与常春藤绿之间，因颜色与果实橄榄同样而得名。在调色时，只要在黄色中加进一点黑色就可得出橄榄色，因此有时亦被称为暗黄色。橄榄色的互补色是薰衣草色。

蔷薇色：一种偏紫的玫瑰红，红色的成分偏少，色彩上偏紫色，给人一种优雅而琢磨不透的感觉。

樱草色：樱草的颜色，也就是人们常说的淡黄色。

鸭卵青：指淡青灰色，极淡的青绿色，也称鸭蛋青。

绯红：红色的一种，艳丽的深红，如鲜红、通红、深红色。韩愈的《寄崔二十六立之》诗：“又寄百尺彩，绯红相盛衰。”《儒林外史》第二三回写道：“万雪斋听了，脸就绯红。”鲁迅《朝花夕拾·藤野先生》中：“上野的樱花烂熳的时节，望去确也像绯红的轻云。”

杜鹃红：低纯度的洋红，最适合时尚女性的颜色，大面积使用亦不觉得突兀。

锡灰色：一种明度非常低的灰色，稍偏青色，给人陈旧感，又有稳重的特质。

缃色：像丝一样淡雅的颜色，如缃红、缃黄、缃绿。

艾绿：艾草的颜色，是一种偏苍白的绿色。

茄子色：低纯度的蓝紫色，明度也非常低，容易被视为灰色，实际是在灰色中加入了蓝色，形成的一种高级灰。

赭色：是从赤中来，指红色。

赤褐色：赤色再加一点褐色，是一种比较内敛的色彩，最适合与亮色搭配。

桂花色：是秋香色之间添了富贵的金色，带香气又馥郁的颜色。

绛色：即大红色、正红色，三原色中的红，为传统的中国红。

绾：指绛色，浅绛色。

石青：如同石青的一种蓝色。

银红：指银朱和粉红色颜料配成的颜色 ，多用来形容有光泽的各种红色，尤指有光泽的浅红。

缥：淡青色或者浅青色，《说文》中提到“缥，帛青白色也”。其本义是指青白色的丝织品。

靛青，又名蓝草、靛蓝。这三种叫法的意思分别是：蓝草，指地里生长的蓝色草；靛青，是蓝草加工的成品；靛蓝，因靛青呈深蓝色。

忍冬藤色：介于粉红与洋红之间的中间色，没有粉红色的稚气和洋红的强势，却兼有两者的优点，是一种不可多得的粉色系色彩。

圣诞蓝：青灰色的一种，纯度较高，给人愉快、透明的感觉，也给人一种蔚蓝的感觉，常用于节日的装饰中。

薄荷色：有点很淡的绿色，又有一点很淡的蓝色，间或有白色、透明色，给人通透冰冰凉凉的感觉。

莱姆色：是一种纯正的翠绿色，莱姆是形状较小、颜色较绿的一种柠檬的近亲，一般也叫莱姆绿。

藏青色：是一种蓝与黑的过渡色，其色素与视觉感浅于黑、深于蓝。

天青色：指在瓷器中很珍贵的一种颜色，天青色是一种非常难制作的颜色，传说只有当瓷器出窑的一瞬间，正碰上阴雨绵绵的湿润天气，那瓷器上淡淡的雨雾般颜色才会渐渐晕开，成为一种梦幻般的色彩。

珍珠白：珍珠白并非肉眼看似的白，由于配成颜色的颜料种类不同，成分配比不同，白的程度和反射到人眼的光泽也是不同的，珍珠白一般带有荧光增白剂成分，表面反射出珠光般的光泽，带有蓝色光或者肉红色光。

……

那么色，那么美，竟是说不完的传奇。

[小笔记]：把每种奇异美丽的色彩做成书签珍藏起来，闲时品味，便是心中美好的爱藏。若把这些色穿上身，一种便可美到极致，最忌贪多。

流光溢彩，摄人心魄

流光溢彩、摄人心魄的色彩还非要到《红楼梦》里寻。

“灯火阑珊衣冠鲜，青衫罗裙披玉身。”

《红楼梦》里张扬的美丽色彩，刻骨铭心。

就单单说凤姐吧，那炫目的五颜六彩的装束已把人的心魄捉了去。

《红楼梦》里有三处对凤姐的服饰装扮有细致的描述：

第一次是林妹妹眼中看到的表嫂：这个人打扮与众姑娘不同，彩绣辉煌，恍若神妃仙子：头上戴着金丝八宝攒珠髻，绾着朝阳五凤挂珠钗，项上戴着赤金盘螭璎珞圈，裙边系着豆绿宫绦，双衡比目玫瑰佩，身上穿着缕金百蝶穿花大红洋缎窄褃袄，外罩五彩刻丝石青银鼠褂，下着翡翠撒花洋绉裙。请看，紧腰身的袄是大红色，外面罩的褂子是淡灰青色，袄里子是银鼠皮的色彩，下面则是翠绿色——“裙拖六幅湘江水”，何等的俏丽风骚！再加上满头珠围翠绕，又是何等的彩绣辉煌！

按脂砚斋《红楼梦评》，其后还应有一句：裙边系着豆绿官绦，双衡比目玫瑰佩。色彩就更加丰富。这就是凤姐出场的装扮，也是《红楼梦》中第一套着力描绘的服饰，活脱脱地把凤姐的形象、气质、身份、地位出神入化地表现出来。丰富的色彩画龙点睛。

第二次是王熙凤头一遭以荣府当家二奶奶的身份接待刘姥姥：那凤姐儿家常戴着秋板貂鼠昭君套，围着攒珠勒子，穿着桃红撒花袄，石青刻丝灰鼠披风，大红洋绉银鼠皮裙，粉光脂艳，端端正正坐在那里，等着接见乡下穷苦人。袄和裙是一对姐妹色，袄里和裙里又是一对姐妹色。再配上紫貂皮毛罩，石青披风，服饰色彩配合得如此协调又透出富贵娇艳。背景色彩还有大红柔帘、大红条毡、金线锁链图案锦缎，点缀品还有银色唾盒。耀眼争光的色彩明示着掌权者的高贵气派，凤姐的气势、光彩一览无余。诚如脂评所述“写来真是好看”。

第三次的描写一反粉光脂艳的常态，呈现完全不同的色调。这一次王熙凤是与尤二姐正式交锋的贾琏正室：只见她头上皆是素白银器，身上月白缎袄，青缎披风，白绫素裙。眉弯柳叶，高吊两梢，目横丹凤，神凝三角。俏丽若三春之桃，清洁若九秋之菊，正应了民间俗话所说的“若要俏，一身素”。“红妆素裹”显得清素又俏丽，出其不意的装扮同时也暗藏了来者不善的机心。一身素服，连青缎子上掐的都是银线，明摆着“国孝家孝，两层在身”，暗暗挑明了贾琏偷娶尤二姐的罪状。她笑吟吟地上门亲迎，恶狠狠地暗设陷阱。琏二奶奶带着一对素衣素盖的仆人到花枝胡同叫丧，把苦尤娘迎进了大观园，这一套素装银饰的色调，恰好地渲染了故事气氛。曹雪芹把色彩心理学写了个透彻。

“彩笔辉光若转环，心情魔态几千般。”

会画画的曹雪芹，深谙色彩美学，他字字实景，色色真情，读来如身临其境，心脉贯通，勾魂摄魄。

一部红楼，叫人饱尝摄人心魄的色彩之美，看得过瘾，赚尽大便宜。

[小笔记]：若能把衣服穿到流光溢彩、摄人心魄，是何等功力。不知曹雪芹叫女人扮美的功力从何修炼来？可惜秘笈讨不得，扮美终得靠个人心得。

古香古色，另一番韵味

古香古色的衣服不是随便都能穿好看，它挑人。

就像女人穿旗袍，穿好了，韵味、优雅，媚到骨子里，比如《花样年华》里的张曼玉；若穿不好，只会往妓女或是餐厅领班小姐那里想。一身旗袍竟能差之十万八千里。

究竟是衣穿人，还是人穿衣，对女人是两重天。

没有特别的气质，穿旗袍是自讨没趣。古香古色不是人人能驾驭。

同样，换成男人穿唐装，则更恐怖。

肥头大耳，带上将军肚，再穿唐装，不伦不类的滑稽。却看影星成龙，每每一身唐装出镜，倒也顺眼，天生他是穿唐装的料。

偏有些外国朋友也要挑战唐装，一头金色配上古香古色的打扮，怎么都体会不出美感。

没有古典、脱俗的气质，竟也没福气穿得一身古香古色。

能把中式夹袄穿好的，还有一个人——张爱玲。

张爱玲走红上海滩时，喜欢以奇装炫人。

有一次，她的小说《倾城之恋》要改编为舞台剧，她去见老板周剑云，穿的就是自己设计的服装——一袭拟古式齐膝夹袄，超级的宽身袖口，水红绸子，用特别宽的黑缎镶边，右襟下有一朵舒卷的云头

（也许是如意）。长袍短套，罩在旗袍外面。《流言》一书中附刊的相片之一，就是这种款式。周剑云是当时明星影片公司三巨头之一，交际场上见多识广，那天面对张爱玲，竟也显得有些拘谨。大概是张爱玲显赫的文名和古香古色、奇装炫人的外表，给他留下太深刻的印象。

张爱玲这张着拟古式齐膝夹袄的照片经常可以在画报上见到，据说原照片背面有她题写的一行字：有一天我们的文明，不论是升华还是浮华，都要成为过去。然而现在还是清如水明如镜的秋天，我应当是快乐的。

可以想见，穿着古式衣裳的张爱玲心里好比是清如水、明如镜的秋天，快乐而愉悦。身在民国时代的她，好像对民国服装并不倾心，更眷恋古人穿衣，说那是“婉妙复杂的调和”——“色泽的调和，中国人新从西洋学到了对照与和谐两条规矩，红绿对照，有一种可喜的刺激性。可是太直率的对照，大红大绿，就像圣诞树似的，缺少回味。现代的中国人往往说从前的人不懂配色，古人的对照不是绝对的，而是参差的对照。譬如说，宝蓝配苹果绿，松花色配大红——我们已经忘记了从前所知道的。”

张爱玲对霓裳华服的热情与依恋，都能从她的小说中看出端倪。

极爱美的女子才会说：再没有心肝的女人，说起她“去年夏天那件织锦缎夹袍”的时候，也是一往情深的。

一句话说到女人骨子里。沉溺于美的女人都有共鸣。

惊世骇俗的女人都想把古香古色穿到极致。真正能穿好看的，却看她的底蕴。

[小笔记]：没有那副身段千万不要走复古路线，古香古色能把女人推到浪尖，又能将她打入谷底，不是所有女人都能经得住这番考验。

冷色，美人之症

但凡美人，大半是冷的。

“艳如桃李，冷若冰霜”，可谓冷美人的绝佳解注。她们的心高气傲、拒人千里之外的冷感却令男人多了分挑战与猎奇。若能攻下冷美人的城堡，男人的成就感会陡然攀升。

冷色因何而来？是缘于它的色系。

冷色系包括黄绿、绿、蓝绿、蓝、蓝紫；还有介于暖色系和冷色系之间的黄紫。任何颜色都是由三原色红、黄、蓝组成，而三原色中只有红色是暖色，所以颜色中如果蓝色占主导则为冷色。比如绿色，是由黄加蓝组成，而黄和蓝均属于冷色调，所以绿色就只能是冷色。而紫色本该属于冷色，紫色由红加蓝组成，而红和蓝的比例不同将决定紫色的冷暖程度不同，当红色成分少的紫色就给人较冷的感觉。

冷色给人安静、沉稳、疏离、坚实、强势、遥远、冷漠、高贵的感觉，让人心理上有距离感，不容亲近，难以依偎。与冷美人接触，便有无形的压抑感。

《红楼梦》中薛、林二人，均为美人坯子，又是典型的冷美人。

宝钗之美，美在仪态雍容；黛玉之美，美在气质清雅。故曹雪芹以百花之王牡丹喻薛美人，而以花中仙子芙蓉喻林美人。黛玉所居潇湘馆，修竹亭立，幽静冷清，宛如人间仙境。更兼黛玉性情孤僻，言语苛刻，得罪之人数不胜数，常常夜深无眠，青灯孤卷，黯然神伤。这次第，怎一个“冷”字了得!

黛玉的冷在面子上，外表冷冷，若混熟了，才知心肠一样热，为百事流泪，为细微心酸，十足的面冷心热的小女人。

宝钗的冷却在骨子里，表面处处周到，样样出于礼，遇事却冷漠得出奇，不干己事不张口，一问摇头三不知。凡是跟自己沾边的，小心择出去；凡是得罪人的事，一概婉拒。

如宝钗一般事不关己高高挂起的冷美人，出身高贵，面上妥当，心里的距离却是遥不可及；如黛玉一般孤芳自赏、礼数不周的冷美人，率真深情，若能交心，便是一生一世。可见冷美人也分冷暖，唯有心思缜密、亦柔亦刚的男人才知她的冷、暖。

冷色，殊不知也是美人之症。

冷美人，医学上称其为“美人冷感症”。美人之冷，不在眉眼，而在心扉。“美人冷感症”大多表现为：孤芳自赏、目中无人、同美相妒、孤独无友。她们大多性格孤僻，常常处于紧张又矛盾的状态之中，或焦躁，或傲慢，或嫉妒，或抑郁，或冷漠，或孤独，令人接触之后，退避三舍。这种状态迟迟不能缓解，便易患身心性疾病。

美人若能卸下“冷若冰霜”的面具，常常“艳如桃李”，同“美人冷感症”绝缘，才算是真正透彻的美人。

[小笔记]：冷色易与暖色搭配，也可与中性色系混搭。若偏爱冷色一身，切记要有饰物点缀，或者暖色的包包、鞋子相配，才好拒绝冷色给人距离冷漠之感。

桃色，逃之夭夭

在台湾，有一个侯佩岑主持的艺人访谈节目，叫《桃色蛋白质》，名字有看头，不知是不是为了多挖一点儿桃色八卦出来。

有一期节目采访刘若英，特意请来她的师父陈升。

刘若英暗恋陈升，早已不是新闻，而陈升也有太太。这个八卦不算吸引人。

而那期节目却把刘若英哭成泪人，虽早已贵为影后，风头远远盖过陈升，但在陈升面前她就像个不知事的小女孩，始终小心翼翼怕做错什么，说错什么。

当刘若英跪着把自己的最新专辑送给陈升，却惨遭陈升拒绝。他批评刘若英说："CD是歌手用生命换来的，怎么能随便送人？"一句话说得刘若英开始啜泣。

主持人侯佩岑问陈升："你喜欢刘若英吗？"所有的观众和主持人一起屏住了呼吸。没想到陈升很直接地说："我当然喜欢她，否则我为什么为她做这么多事情。"

听了这句话，刘若英哭得更厉害了。但是，陈升接着说："现在她像风筝，不知已经飘到什么地方？"刘若英闻听不禁失声大哭起来。她孩子般地追问："如果我飞远了，你可以拉拉线啊，风筝的线永远在你的手里！你一拉线，我就会回来的！”

陈升沉默片刻后说：“可是，我找不到线了！”

整个节目中，刘若英不顾形象地哭哭笑笑，在陈升面前，她完全无法控制自己的情绪。她喊他师父，可大家都看得出不仅仅是师父。陈升讲话的时候，她抬起泪眼一瞬不瞬注视他，心酸、爱慕，百转千回。

陈升的话并不多，字字掂量。他所有的话都是针对刘若英说的。

他说：你不要把自己的专辑贸然送人，这不是名片，也不是你嫁入豪门的跳板。它是付出了我们的生命、我们的精神在里面的，不可以随便送给别人。

他说：一个有天分的女人，试图想要做强人，其实是蛮苦的。

他说：当年在亚太影展，刘若英成为影后之后，我就对她说，你可以离开了，不要再黏我。你有你的梦，我有我的事情要做。我会是那种永远都让你找不到的爸爸，而不是一个每天问你是否回来吃饭的爸爸。你不会找到我的。

他说：你一个女人，永远不要对别人和盘托出。因为你将来是要嫁人的。如果都交出去了，那么等结婚的时候，还拿什么留给你丈夫呢？

……

这期节目播出后，这段缠绵凄美的恋情令无数观众唏嘘不已。现在奶茶已嫁作他人妇，如果她再回顾这期节目，又该作何感想？

任何桃色事件，都可以写成一个感人的长篇故事，那背后的心酸，充满无奈。

美国的伍兹身陷性丑闻风波，连失若干广告代言，为了挽救婚姻，他宣布“无限期”休赛。可老婆并不买账，离婚传闻闹得沸腾。商家更推出了一款老婆打伍兹的游戏，风靡网络。

对伍兹的“桃色丑闻”，各种有趣的评论不绝于耳，美国的泳坛大腕菲尔普斯也来凑热闹，他很有水准地表示，人无完人，但绝对不要犯相同的错误。菲尔普斯还引用了别人曾经告诫他的一句良言：“你可以犯1000次错误，但绝对不要犯相同的错误。”

呵呵，男人之间的沟通，难得如此坦率，又惺惺相惜。

桃色，在娱乐圈层出不穷，有故事，有丑闻，有人越挫越勇，也有人浴血江湖。

若要闯出自己的一片天，色字当头，还是逃之夭夭的好。

[小笔记]：桃色，挑衅，又有诱惑。女人穿桃色，妩媚；另一面又有些庸俗、风尘味，全看衣服的样式和搭配。精致的桃色在于简。

秀色，每个女人的小野心

对着电脑一天，脸上的水分全被吸走，干得像树皮。

女人顶着树皮一样的脸去约会，男人必是逃之夭夭。

办公室的白领妹妹最惨，一边要让电脑吸干水分，一边又要约会，那份辛苦，叫人求生不得，求死不能。

每月就那一点银子，几乎全部要搭进这张脸上了。

女人不及时修理自己，男人就会来修理你。

与其让男人修理，不如自己早早动手，以免日后哭天抢地。

女人的小野心，全在这张脸上了。

秀色可餐，自然有大把机会；人老珠黄，一切都免谈。

为了那点秀色，有的女人干脆动针动刀，吃点皮肉之苦，方为人上之人。娱乐圈里的整容美女亦有高人气。

胆小的女人也有救。如今化妆术了得，能化腐朽为神奇，天天不辞辛苦地画脸，成为美女也不难。

先天加后天，努力在一起，秀色可餐的日子指日可待。

变美的过程实实在在是要靠自己。美容嫩肤每天要做，化妆打扮自己动手，就算请美容医生整形，还得自己买单。请男人为自己整容掏钱的事，罕有。

明明是平胸，男人花钱送你去隆乳，听着怎么都有点自欺欺人，男人似乎还没那么大度。

女人实实在在挣些体己钱偷偷美容，还不足为外人道也。

到处嚷嚷自己的秀色是做出来的，美丽定要大打折扣。这笔美容的血泪史，女人只有往自己肚子里咽。

不足为外人道的辛酸才是真正的秘密，守住它，别人才不会看低你。

女人的不易本身已有生理条件打底，若要有点小野心做个秀色可餐的女人，那份不易更难以启齿。

秀色这个东西会叫人含泪微笑的。

得到的过程，含泪；得到之后，微笑。

看着皱纹、斑点在脸上驻扎定居的时候，含泪；美白一刻、斑点全无的时候，微笑。

女人的喜怒哀乐，一半都是面子问题。

当男人终于赞你秀色可餐的时候，女人才感叹这一生没有白忙。

最辛苦的女人当数为秀色可餐日夜奔波的女人。

女人的那点小野心，都在这秀色里，听起来多少有点委屈。

[小笔记]：一旦成为秀色可餐的女人，会省去许多心思，随便打扮、胡乱搭配都是美女。做美女的好处莫过于此。对男人更是不用心机，轻易就能虏获，占尽便宜。但成为秀色可餐之前的故事，都是一部血泪史。

绝色，美无止境

选美赛事层出不穷，选出最绝色的那个供人欣赏，也是乐趣。

一夕成名，选美是捷径。就连美国著名黑人脱口秀主持人奥普拉都是选美出身。她十七岁在田纳西州黑人小姐选美中拔得头筹才进入田纳西州立大学，成为大众传媒专业的学生，一展善于演讲的天分。十九岁就受聘当地一家电视台，做起了新闻播音员，从此大红大紫，改写人生。

绝色美女养眼，人人向往之。女人成为绝色，何等光鲜，名利双收，一美到底，无往不利。

美女平白就能拥有特权，绝色美女更是颠倒众生，风生水起。

美无止境，美女成为绝色，各有各的境界。

每人心中都有自己垂顾的绝色。偶尔欣赏一番，别有小情小趣。

钱钟书眼中的绝色最有情调。

对《围城》中丰满而风骚的鲍小姐，他形容道："有人叫她'熟食铺子'，因为只有熟食店会把那许多颜色暖热的肉公开陈列；又有人叫她'真理'，因为据说'真理是赤裸裸的'。鲍小姐并未一丝不挂，所以他们修正为'局部的真理'。"

再说到可爱美丽的唐晓芙，最叫绝："天生着一般女人要花钱费时、调脂和粉来仿造的好脸色，新鲜得使人见了忘掉口渴而又觉嘴馋，仿佛是好水果。她眼睛并不顶大，可是灵活温柔，反称得许多女人的大眼睛只像政治家讲的大话，大而无当。古典学者看她说笑时露出的好牙齿，会诧异为什么古今中外诗人都甘心变成女人头插的钗，腰束的带，身体睡的席，甚至脚下践踏的鞋袜，可是从没想到化作她的牙刷……”

妙趣横生又货真价实的绝色。钱钟书的小情调令人会心一笑。

品女人，还是男人在行。

再放眼娱乐圈的绝色美女：林青霞、张曼玉、王祖贤、李嘉欣、关之琳、林志玲、张柏芝……美不胜收的名字，一派靓丽风景。

若能做这样的绝色，女人何尝不想？

只是绝色美女不好当，她们也有一肚子苦水。

香港女星李嘉欣谈到自己的身材维持之道，她说只有一字秘诀：“忍。”嘉欣说她很好吃，愈高热量的她愈爱，其中又以巧克力、上海菜、意大利美食为她的最爱。为了美，一切都要“忍”！

另一位不老神话关之琳从七八岁就开始保养了。“那时候也没什么好东西用，只是偷用妈妈的面霜，往脸上贴柠檬、青瓜，涂蛋白什么的，这些我都做过。”关之琳说，“我半生的时间都用在打扮上了。没办法，爱漂亮就得这样，要美丽就得用心付出。”从十四五岁起，她就开始用眼霜了。手和脚坚持每星期浸一次芬蜡；每天在家40分钟的“滑雪”运动是必不可少的，再忙再累也至少保证20分钟“出很多汗”；每天80下仰卧起坐……

OH，MY GOD！做绝色是要这样煞费苦心的，庸懒之人早逃之夭夭了。

凡事都不易。每个绝色美人转身，都是大把的眼泪。

女人太绝色了，也麻烦，会引得男人们团团转，为占有大打出手，无所不做。

绝色女人遇到孽缘，会一生负累，倒不如普通女人活得自在。

美无止境，女人不妨收收爱美的小野心，美不必太绝色，自在才好。

[小笔记]：争做绝色美女只有一条：吃苦和坚持。不必相信什么天生丽质，记得这一条就好。有时，放下美的负累未尝不可，太绝色始终是件不省心的事。

点茶之色，男人茶道

“点茶之色，以纯白为上，青白为次，灰白次之，黄白又次之。”宋代赵佶在《大观茶论》中将点茶之色说得恰到好处。

茶之色——纯白、青白、灰白、黄白笼统而概之，其实再细分，该有六色。

茶色主色是一种比栗色稍红的棕橙色至浅棕色，除却纯白、青白、灰白、黄白，还有黑色与红色，实为绿茶、白茶、黄茶、青茶，还有黑茶、红茶。

宋代蔡襄在《茶录·论茶》中提到：“茶色贵白，而饼茶多以珍膏油其面，故有青黄紫黑之异。”单单又别出心裁地提到了紫。可见茶色之多彩，若再算上花茶系，那色彩更可谓眼花缭乱了。

细品茶色，五花八门，好不热闹。

绿茶类，如龙井，茶色翠绿而散发一股清香；轻发酵茶类，如文山包种茶及高山茶，蜜绿色而或金黄色，花香并俱；半发酵茶类，如冻顶茶，深黄色又或金黄色，散发出成熟果香味；弱果酸特性茶，如铁观音，澄黄色晶莹剔透；全发酵茶类，如红茶，暗红涌动，深沉内敛……还有普洱茶，呈黄褐色或琥珀色；再有白毫乌龙茶，又是另一番琥珀色。

花茶更是缤纷多彩——艳绿、蜜绿、浅黄、金黄、橙黄、橙红、浓粉、浅粉、深紫、紫红、乳白、褐红……应有尽有的，女人衣橱里的色彩统统拼贴起来，都敌不过它的丰沛富足。茶色又不止于汤色，更在它的色泽——清澈、清净、透明、光亮、无沉、鲜艳、鲜明、活力、光泽、深亮、明亮、澄清、色清、浅薄、通透、昏暗、厚重、无浊、清冷、悬浮、清淡、含混……各种微妙的成色交织在一起，繁复又暧昧，好似怀着心事的女人心，不可琢磨，却又深深吸引。

茶之色、香、味、形四绝，样样俱全，堪比绝色佳人。林语堂惟妙惟肖地说："茶在第二泡时为最妙。第一泡譬如一个十二三岁的幼女，第二泡为年龄恰当的十六岁女郎，而第三泡则是少妇了。"林语堂道出了茶中的玄机，佳人如茶，这是男人的小情趣。

所以男人爱茶，无可非议。茶之深浓浅淡，各种滋味，再挑剔的男人都能在茶中找到他钟爱的那一款。

历代文人墨客，都不甘落后地将茶吟诵。唐代皮日休茶诗最多最佳，写有《茶坞》《茶人》《茶笋》《茶舍》《茶灶》《茶焙》《茶鼎》《茶瓯》《煮茶》等十首茶诗，分诵十事，陆龟蒙也有同名的十首茶诗奉和，成为茶诗经典。岑参有诗："瓯香茶色嫩，窗冷竹声乾。"用"嫩"字比茶，充满诱惑；成彦雄的"蜀茶倩个云僧碾，自拾枯松三四枝。" 更大胆地用了"倩"字；钱起的"竹下忘言对紫茶，全胜羽客醉流霞。尘心洗尽兴难尽，一树蝉声片影斜。"暧昧的紫色，令人忘言；陆游的"矮纸斜行闲作草，晴窗细乳戏分茶。"一曲香艳；牟融的"茶烟袅袅笼禅榻，竹影萧萧扫径苔。醉后不知明月上，狂歌直到夜深回。" 婉转哀怨……

将茶大量引入诗坛的还要数白居易。白居易存诗二千八百首，以茶为主题，叙及茶事、茶趣的有六十多首。白居易终日与茶相伴，早饮茶、午饮茶、夜饮茶、酒后索茶，有时睡下还要索茶。他不仅爱饮茶，还善别茶之好坏，朋友们称他为“别茶人”。茶对白居易来说，既起文思，又助诗兴，“起尝一碗茗，行读一行书”；“夜茶一两杓，秋吟三数声”；“或饮茶一盏，或吟诗一章”。他以茶醒脑，以茶宣泄沉郁，正如卢仝评价他说：“以茶可浇开胸中的块垒。”白居易在《何处堪避暑》中写道：“游罢睡一觉，觉来茶一瓯”，“虽被世间笑，终无身外忧”。他以茶陶冶性情，于忧愤苦恼中寻求自拨之道，这是他爱茶的又一用意。所以他亲自开辟茶园，植茶、饮茶，不亦乐乎。

欧阳修亦一生爱茶，他仕宦四十年，上下往返，窜斥流离。“吾年向老世味薄，所好未衰惟饮茶。”晚年他作诗自述，欲借咏茶感叹世路之崎岖，也透露了他仍不失早年革新政治之志。欧阳修爱茶，留有许多茶事诗文，他为蔡襄《茶录》写了后序；在开了宋代笔记文创作先声的二卷《归田录》里，也有数则谈到茶事的；并有专门论说煎茶用水的《大明水记》，都殊为难得。

男人用品诗的心情去品茶，人生况味都在这茶香袅袅间。

台湾作家林清玄钟爱中国茶道，在他眼中，茶代表着人与世界的和谐，“茶”字拆开，就是人在草木间，这就是喝茶的最高境界，达到“天人合一”，这也是林清玄一直追求的人生状态。林清玄说：“有味道的人一定要如茶一般经过开水浸泡。每天的生活其实就像一杯茶，大部分人的茶叶和茶具都很相近，然而善泡者泡出来的茶更有清香的滋味，善饮者饮到更细腻的消息；人生需要准备的，不是昂贵的茶，而是喝茶的心情。生命沉苦时要加一点清凉的菊花，激越时要加一点内涵的普洱；在苦中犹有向上飞扬的心，在乐里不失去敏锐深刻的态度。这样，生命的茶才能越陈越醇，越泡越香。”

林清玄将茶比喻人生：茶一定要用热水烫过才有味道，一定要三起三落，起的时候像万里漂萍，落的时候如刀枪林立，之后才有味道出来，整个过程都是非常重要的，而此时茶叶本身的好坏就变得不是很重要了；人生其实亦是如此，一个人一辈子很平顺，味道就不会出来。

男人品茶，由色入心。茶之色香味形四绝，要逐一体味，其细腻一面，颇为动容。

男人爱茶，由味入道。茶之滋味，品出人生赏味、悟出生活之道。

好茶如酒，把酒言欢，畅所欲言，“看风小溘三升酒，寒食深炉一碗茶”是男人的境界，“举头中酒后，引手索茶时”，男人以茶代酒，更有一分自醒。

“从心至百骸，无一不自由。”这是男人的茶道，点茶之道莫过于此。

[小笔记]：茶色用作饮食，色香味不可言喻；用作衣服，正统茶色总嫌灰暗。男人穿茶色，虽不怪诞，略有土气。

茶色传情，女人味道

茶色于男人是嗜好，是品味，是生活之道。

茶色于女人是喜欢，是态度，是人生感悟。

张爱玲好茶，她笔下的“茶”细致有韵味。从收藏茶壶、就壶嘴喝茶、英式下午茶，从玻璃杯冲泡、用盖碗喝之到洗筷子、塞耳朵眼以及杯沿的胭脂渍等令人唏嘘不已的故事里，总能找到张爱玲对茶的依恋。

正因她平日嗜茶，她笔下的女人便常与茶打交道。

《怨女》中的银娣该是女主角中最爱喝茶的了。在穿孝期不能戴耳环，她耳朵眼里塞的是根茶叶蒂，如此凡事有茶，可知是真的喜欢。她欢喜地一样样东西都指给嫂子看“里床装着什锦架子，搁花瓶、茶壶、时钟”。那茶壶如此郑重被收放，可见是心头爱，银娣上吊前“拿桌上的茶壶，就着壶嘴喝了一口，冷茶泡了一夜，非常苦”。这是她自杀前的心情写照：清冷又苦涩。一口茶就道尽了银娣的决绝与悲凉。“热”与“冷”的对比，是喝茶行家的神来之笔，不喜喝茶之人难有此体认。

《桂花蒸》里阿小的男人，并没有明媒正娶她，也无金戒指，更养不活她。阿小自己在洋人家当阿妈。男人来找她，“她给男人斟了一杯茶，她从来不偷茶的，男人来的时候是例外。男人双手捧着茶慢慢呷着……”以一杯偷来的茶，用喜剧效果，完成了阿小的悲壮爱情。要知道苏州娘姨要强，受不了人家一点的眉高眼低。阿小可是从来不贪的，如今却甘心偷茶，要是叫别人察觉了，岂不英名尽丧？偏她又这么地理直气壮，还是爱茶。

《红玫瑰与白玫瑰》中，茶在娇蕊手上又两样了，是拿来与振保调情的，不必赶着喝。她千方百计让他知道她记得他说过：“喜欢喝清茶，在外国这些年，老是想吃没的吃。”这使得他心猿意马，恁地任性。要真的很在乎一个人，你才愿意记住他爱吃什么喝什么这类劳什子，娇蕊并不隐瞒。看他们两个如何各怀鬼胎，互相诱惑——“阿妈送了绿茶进来，茶叶满满地浮在水面上，振保双手捧着玻璃杯，只是喝不进嘴去。他两眼望着茶，心里却研究出一个缘故来了。”振保亦是个普通男人，定力有限，禁不起娇蕊一个媚笑。他踌躇半日，只为在找应当和娇蕊睡觉而又不必自责的理由。而娇蕊呢，她放肆地“把一条腿横扫过去，踢得他差一点泼翻了手中的茶”。大家仍不十分确定对方的心思，又管不住自己的心思，唯捧着杯茶，外表默然，心内翻江倒海。眉目传情间，寻思如何将对方拿下马来。茶在这个情节中，成了调情的手段，这个新鲜的手段，除了张爱玲，谁又能如此敏锐地捕捉到？最后娇蕊出去了，“将残茶一饮而尽，立起身来，把嘴里的茶叶吐到栏杆外面去。”把娇蕊一意孤行，准备狠狠地爱一场的决心表露无遗。

还不得不提《半生缘》。曼桢与世钧那悠悠“半生缘”，亦算是始自一杯茶。这杯茶，想来和坊间“像洗桌布的水”的茶相似，无香无味，只略带少许茶色。他们几个人要跑堂拿纸来擦擦筷子要不到，曼桢便道："就在茶杯里涮一涮吧，这茶我想你们也不见得要吃的。"顺手便帮世钧洗了。这个小动作，便将世钧的心一把拢住。女人虏获一个男人竟是这样一杯茶。

张爱玲用旁敲侧击的手法，淡然落笔，不经意地将茶与女人沟通起来。在这些千回百转的故事里，张爱玲仿似一位茶人，将茶色茶道浸于文字中，点缀女人的喜怒哀乐。由茶作细节，直击男人的胸襟。这个独特视角却最抓眼球，叫人深深陷落故事传奇里，欲罢不能。

男人喝茶的味道，女人喝茶的意境。

男人借茶直抒胸臆，没有门槛；女人暗自以茶传情，饮茶的门槛非常精。

茶之回味，男人惦记它的色、香、味、形；女人却留恋与它牵连的人是物非。

女人的故事由一杯茶开始，男人迷恋她的CUP；女人的故事亦由一杯茶结束，男人拒绝的理由总是：她不是我的那杯茶。

茶与女人的微妙和密切，叫人在得到与失去之间惆怅。

[小笔记]：搭配功力不深的女人忌茶色，脸色不佳的女人忌茶色，失眠的女人忌茶色——茶色如此禁忌，却能让人上瘾。茶色定要有亮色配，不然被茶色埋住，女人又多了一个苍凉的理由。

Part ④
挑逗神经笔记，色彩的能量

透明，在不爱你时

当他不爱你时，会把你当成透明。

你冲他摆手，他看不到，狠狠拍他一记，他才道：噢，是你。

你穿了新衣，他看不到，你特意在他面前转，他瞥一眼应付你，没有下文。你再追问：好不好看？他才道：还凑合。

你换了发型，他看不到，你用手指给他看，他才道：这什么发型，好好的烫什么头？

你穿了耳眼，他看不到，你特意亮出耳环，他才道：你不怕疼啊？

你换了新鞋，他看不到，你夸张地扬起脚，他才道：你要干吗？公众场所也不注意形象。

你做了美容，他看不到，你把脸凑过去让他看，他才道：怎么又长疱了？

你涂了指甲，他看不到，你张开十指晃，他才道：黑色指甲，闹鬼。

你刷了长长的睫毛，他看不到，你使劲冲他眨眼，他才道：好好的贴什么假睫毛？

你戴了他送的项链，他看不到，你点他，他才道：这不是我买的吗?

你涂了蓝色眼影，他看不到，你盯着他看，他才道：我说怎么那么难看，快擦掉。

……

经年累月，有时男人耐不住习惯。

慢慢习惯成自然的时候，他再觉不出新意。

任你翻江倒海，十八班武艺，他就是看不到，看不到!

太熟悉的地方无风景，其实女人也一样。

不爱你时，你即刻就变得透明。

缘分已尽的两个人会把彼此都当作透明：

碰面时，看不到；打招呼，避开；聚会时，躲……做不成情人亦不做朋友，彼此透明最直接。

从男女情爱中跳脱出来，透明，却是一瞬之美。

日出一刻，纯粹透明没有杂质的轮廓；夕阳残留透明的余光；天空澄明，接近透明的蓝；月光宁静，透明莹白，熠熠发光……透明成就一番美妙，让人赏心悦目，回味留恋。

“我爱透明色。”说来带点浪漫，是个美好回忆。

“你当我透明啊。”说来却大煞风景，会做噩梦。

透明成为色彩时，招人爱慕。

谈到感情，透明变得唏嘘，若再化成眼泪，更多一分苦涩。

透明变身实用的东西，却招人喜欢。透明胶，透明伞、透明玻璃，既实用又美观。

感情中实用又美观的东西却无处寻，就像中看又中用的男人，不好觅。觅到了，若把你当成透明，一样白搭。

悲观一时，透明——只在他不爱你时。

积极一点，透明——就美不胜收。

“她的眼神透明，望眼欲穿。”

“望一望透明的天空，一切烦恼自会跑落。”

“我心是透明的，在你面前。”

……

通常凡人都喜欢美不胜收的东西，色彩也是，爱情也是。

[小笔记]：透明来去终有点短暂。透明色再美，稍纵即逝；透明人的角色亦不会长久，爱情失去，耐性也会尽失。当他不爱你时，当作透明只是过渡，提早离开好过坐以待毙。

菜色、土色，女人之大忌

女人最怕听到：喂，你怎么面如菜色？

话落立刻抚着面颊：有吗？

跑到无人的地方拼命照镜子，这一句的杀伤力会令她一整天坐立难安。

若隔天再有人说：喂，你最近怎么面如土色？

干脆不能活了，回家什么都不干先敷面膜。

女人的面色就是她头顶的一片天，天塌下来还如何过活？

面子好便要里呼外应慢慢调。

内里要进补、调养、喝汤；外面保湿乳、美白乳、抗皱霜、补水霜、营养霜、活肤霜……再加面膜轮番登场，一个都不能少。

做女人的辛苦莫过于此。

芬是女强人，做到报社主编的位置，忙到夜不归宿，事业节节攀升。才三十几岁的她已尽显疲态。

她已忙到没有时间照镜子，也无人斗胆说出她面如土色。

直到丈夫提出离婚，她还一头雾水，深受委屈。又忙里又忙外，如此辛苦却换来离婚的下场，她痛不欲生。

丈夫指着她的面：你看你都变成什么样了，跟你走在一起别人还以为我请的小时工！

芬掩面痛哭……

一年后再见她，已换作另一个人。

皮肤、身段变成美人，爱慕者络绎不绝。

她心里明白，只有把菜色、土色赶尽杀绝，才有新的人生。

面子是一辈子的事，其他皆有期限。

女人爱惜自己、疼惜自己，调养出好面子，才有可能从男人那里得到更多。

[小笔记]：菜色、土色绝对是女人之大忌。爱护面子是女人一生的功课。青春一纵即逝，若再偷懒，岂不白活？

酒色财气，男人的诱惑

酒、色、财、气可谓人生四戒。

嗜酒、好色、贪财、逞气。这四样，样样都能置人死地。

有一首酒色财气歌这样唱道：

酒是断肠的毒药，色是惹祸的根苗。

财是下山的猛虎，气是杀人的钢刀。

酒无不成礼仪，色无路静人稀。

财无不成世界，气无反被人欺。

饮酒不醉尚为高，近色不乱乃英豪。

无义之财君莫取，忍气饶人祸自消。

男人若能过得了酒色财气这四关，未来不可限量。

相传苏东坡有一日于京都相国寺和佛印和尚对饮。酒意正浓，佛印和尚便挥毫题写了一首“酒色财气诗”来：

酒色财气四堵墙，人人都往墙里藏。谁能跳出墙垛外，不活百岁寿也长。

苏东坡看着别有情趣的“酒色财气诗”即和道：

饮酒不醉最为高，见色不迷是英豪。世财不义切莫取，和气忍让气自消。

后来宋神宗皇帝和王安石一同游相国寺，看到墙上的“酒色财气诗”颇感新鲜。宋神宗要王安石和一绝。王安石稍加思忖，便吟成一首诗：

世上无酒不成礼，人间无色路人稀。民为财富才发奋，国有朝气方生机。

王安石把人们恐惧“酒色财气”与国民生计联系起来，给“酒色财气诗”添上了积极向上的色彩。王安石不愧为推行新法有独创的宰相，一绝“酒色财气诗”引来了神宗皇帝的诗兴。当即，神宗皇帝吟道：

酒助礼乐社稷康，色育生灵重纲常。财足粮丰国家盛，气凝大宋如朝阳。

从苏东坡到王安石，他们对酒色财气的精辟见解都值得一悟再悟。

酒、色、财、气可谓男人一生的困扰。能抵得住这四样诱惑的男人，对女人而言才是种更致命的诱惑。

[小笔记]：嗜酒、好色、贪财、逞气的男人，没有人爱；换作女人，一样深恶痛绝。过得了人生四戒，便不白活。而光鲜热闹的诱惑，又有几人抵得住？

男人女人的色彩能量

不论男女，有些时候总会为生活的琐碎而疲累，工作、生活、婚姻、爱情哪一方不满意，压力、颓废、不安即刻席卷而至。狂躁、抑郁、争吵、歇斯底里等许多负面的东西都来了。

思维的极端混乱并不是你想要的，可是它来的时候，男人女人都没有招架之力。

其实身心的许多负面讯号与人体内色谱失衡有关。正是体内缺失了某种颜色，才造成了一些能量的流失。男人与女人的色彩能量是最容易被平常忽略掉的，它被关在密不透风的抽屉里，没人理会它存在的意义。

以往颜色的意义多在表面，比如在装饰、化妆、服装和广告方面，合理使用色彩便可以取得宜人的效果。颜色的象征意义和社会属性走马观花地总会了解个大概，只是它内在的正能量却没有人在意。

在我们体内每一种颜色有其独特的生理作用，令人产生不同的情感。人体有七种腺体中心，分布在脊柱的不同部位。每种颜色都能产生一种电磁波长，这些波长由视觉神经传递给大脑，能促使腺体分泌激素，不知不觉地影响人的心理与肌体，达到医疗作用。

了解男人与女人的色彩能量，利用颜色的医疗效果可以淡化所有的负面情绪，疲劳、烦躁、抑郁等都会得到缓解。我们还可经由观察近来情绪的变化与身体常感不适的部位，来连接自身需多注意与调整的色彩脉轮中心，并获得如何补充需要加强的色彩能量之建议。让自己常保持在身心能量平衡的状态，应对各种疾病的困扰。

红色——海底轮能量的调整。

红色是一种热烈的颜色，它象征着鲜血、烈火、生命和爱情。可以促进血液流通，加快呼吸，并能治疗忧郁症，对人体循环系统和神经系统有强大作用。

情绪与身体反应：控制欲强、过度疲累、活力不足提不起劲做想做的事情、贫血、腿部疼痛无力、脚部扭伤与损伤。

建议：可多穿红色的衣服，有助体温上升，加速新陈代谢，从而达到瘦身消脂的效果。多吃富含血红素的红色食物，如苹果、菠菜、番茄、草莓、红豆，来协助激发细胞的活力。卧室少用红色，会引起精神亢奋，容易导致失眠。

橙色——脐轮能量的调整。

橙色是新思想和年轻的象征，令人感到温暖、活泼和热烈，能启发人的思维，可有效地激发人的情绪和促进消化功能。

情绪与身体反应：过于内向无法表达情绪、过于顾虑他人而忽略自我需求、生殖排泄系统（脾、胆、胰、肾脏）不佳。

建议：穿橘色衣服可让你较乐观开朗地表达自我情感，橘色食物如橘子、木瓜、南瓜等，可帮助增强自体免疫力。手脚冰冷的女性，建议选用一些红色或橙色系的被铺，身体会较为和暖。

黄色——太阳神精丛能量的调整。

黄色是色谱中最令人愉快的颜色，它被认为是知识和光明的象征，可以刺激神经系统和改善大脑功能，激发人的朝气，令人思维敏捷。

情绪与身体反应：常感疏离被孤立、不快乐、没有自信易焦虑、身心症、肠胃不适、消化不良、肝机能不佳易疲倦。

建议：黄色衣饰、日光浴都会让你较为积极勇敢且灵活自信，黄色食物如豆麦类、香蕉、玉米等，则有助于神经系统平衡与促进消化。黄色代表消化系统。所以，厕所内的布置是黄色的话，便能刺激消化系统，能减少便秘的问题，有助排便畅通。

绿色——心轮能量的调整。

绿色是希望的象征，给人以宁静的感觉，可以降低眼内压力，减轻视觉疲劳，安定情绪，使人呼吸变缓，心脏负担减轻，降低血压。有平衡能量的作用，可以帮助舒缓面对疾病时焦躁的情绪，达到放松的目的，并在身心平衡的状况下，能够进一步恢复细胞自体更生的功能。

情绪与身体反应：妒嫉、缺乏同理心、自我怀疑、感觉不被爱、无决断力、呼吸短浅、心肺功能与免疫系统不佳。

建议：绿色系衣饰与接近花草植物会让你放松帮助舒压，绿色食物如奇异果、柠檬及绿叶蔬菜，则助于作决定与包容。室内选用蓝色或绿色的话，有效舒缓压力及消除神经紧张，能安隐地好好睡一觉。

蓝色——喉轮能量的调整。

蓝色意味着平静、严肃、科学、喜悦、美丽、和谐与满足，它经常被用来放松肌肉紧张、松弛神经及改善血液循环。

情绪与身体反应：沟通不良、抗拒改变、忧郁倾向、喉咙痛、支气管炎、气喘、食物吞咽常卡在食道、嘴角有泡疹。

建议：穿蓝色系衣饰与到海边走走会加强你的安全感，蓝色食物如海带、海苔，则助于开发右脑与心智的创造表达。蓝色能平复心情，令人的心理持续一种平静的状态。所以，厨房、餐具选用蓝色的话，令消化系统变得缓慢，大大减低进食的欲望，能有效控制食量。

靛色（宝蓝）——眉心轮能量的调整。

情绪与身体反应：易过度担忧、怀疑他人、健忘、注意力不集中、眼压重、眼耳发炎、视力衰退、内分泌系统失调。

建议：穿宝蓝色系衣饰会让你较平静与集中专注力，靛色食物如桑葚、黑豆、香菇等，则助于学习与信息的整合运用。

紫色——顶轮能量的调整。

紫色代表柔和、退让和沉思，给人以宁静、镇定和幻想，可以治疗大脑疾病及精神紊乱。

情绪与身体反应：常感被误解不被支持、负面、自我否定、缺乏温柔、头痛、骨骼系统疼痛或退化、自律神经失调。

建议：穿紫色系衣饰会让你较为放松转化负面的想法，紫色食物如茄子、乌梅、葡萄等，则助于强化骨骼与舒缓脑压。

最后还要提到黑白两色：

白色象征真理、光芒、纯洁、贞节、清白和快乐，给人以明快清新的感觉，可以帮助清洁净化与保护身体的能量场。

黑色则代表死亡和黑暗，令人产生悲哀、暗淡、伤感和压迫的感觉。心情不佳的时候要远离黑色。穿上黑色衣服，会带来不良的效果。不但不能活化细胞，更减低新陈代谢率，不建议每天穿着。

[小笔记]：每一种色彩都是一种能量，在你的小宇宙里，放出光芒。男人女人都该打开那个尘封已久的抽屉，释放自己的色彩能量。用色彩滋养身心，遭遇逆境，你才有再出发的能量。

好色男人的色品位

都说男人好色。子曰“食色性也”。儒家思想称“色”为：声、香、味，显现于外形上的色。而现在提到“色”，便是想入非非的“色”。

男人喜好女人外形上的感官色。抛开女人色，只谈他喜欢好的颜色，其中却有玄机。

女人若能掌握男人的“色”，就能轻易俘获他的心；而男人了解自己的“色”，便能将自己的“色品位”提升一个层次。

喜欢白色的男人——个性开朗、单纯，泾渭分明，喜欢表露，生活中爱清洁，家居布置宽敞明亮，讲究个性特点。他是个标准的完美主义者和无可救药的浪漫迷情的男人。回忆占据了他大部分的情思，容易依着自己的感觉和情绪游走，自恋倾向严重，对身边的人、事、物，总带点挑剔的口吻。他色得很有格调品位，也很罗曼蒂克。给他空间和时间，比较容易抓住他的心。温柔、体贴的情感，最能打动他的心，肉体和精神上的契合，是他所戮力追求的。

喜欢灰色的男人 ——缺乏毅力，性格怯懦、胆小，凡事依赖他人，没有自己的主见，容易受别人影响而改变已经决定或承诺的事情。他是个思想传统而又夹带着叛逆的矛盾男人。在爱情、工作、人际关系上，若遇到挫折或不顺利，通常在他表面上看不出有什么异样，但内心深处却是波涛汹涌、犹豫煎熬。他习惯活在自己的想象空间中，逃避不愉快的事情，独自享受着优游自得的境界。他很色，但色得很深情。他总是默默地付出真情，喜欢享受彼此依恋的心情，不会夸张自己的情感，容易深埋心中。

喜欢绿色的男人——为人严谨、安分、做事稳重，是值得信任的坚实派人物，是个坦白、诚实而自然的男人。他喜欢回归自然，追求平和的生活方式，不爱偏激强烈的铁腕作风，希望一切随缘，自自然然地平静过日子。比较容易满足现状，企图心不强，不太跟人计较，容易与人相处。他有点色，喜欢单纯专一的情人，享受两人世界的甜蜜，偶尔会脱离现实胡思乱想，但对自己喜爱的对象，可以上天下海只为博她一笑。若他不爱的异性，他的态度是冷淡不失礼貌。此类人在感情方面较缺乏，经常不苟言笑，有耐心及实践能力，坚韧、认真、凡事按部就班，金钱使用也颇有计划性，能在稳定中发展事业。

喜欢紫色的男人——谨言慎行，喜怒不形于色，许多内心的想法都深藏着，不愿表露出来。姿态优雅、富神秘气质、不擅长交际，给人冷漠、高傲的感觉；喜欢思索，很会压抑、控制自己的情感。

喜欢蓝色的男人——态度明朗、诚实，处事方式偏向中庸，做事颇有弹性，留有回旋余地。他希望做一个有自信、品位十足的优雅男人。但是，在他内心深处却隐藏着跳跃不安的因子，使他缺乏安全感。因此，不自觉中他经常会出现艺术家的忧郁神情。对于艺术、服装、家具，他都有着与众不同的独特见解，品位特殊，喜欢享受自由自在的生活乐趣。他的“色”很挑剔，自尊心又强，他绝对不会随便找一个对象就大“色”一场，这会让他觉得不舒服。因此，除非他看上或爱上某个人，他才会大胆热情地“色”一下，是种相当具有攻击性的色法。

喜欢黑色的男人——这是最难捉摸的善变男人，他自视甚高，自以为是，喜欢隐藏自己真性情，却又会不小心流露赤子之心。他不喜欢被人了解透视，喜欢故作神秘状。他拥有一份强烈的疏离感和孤独寂寞，但又坚持保有自己独特的品位和生活方式。因此，他容易活在自己的王国中，与他人保持安全距离。他很色，对于性有强烈的占有欲和需要，不过，这完全要看他的情绪而定，冷热之间，非常明显。他容易沉溺于激情的享乐，但是激情过后，那冷冷的酷模样，可是对女人很痛的折磨。这类人通常性格内向，心态阴郁，喜欢独行独往，希望保持独特的个人活动空间。

喜欢咖啡色的男人——他是个阳刚味十足的男人，有自己的个性和想法，平常还算随和，但是，一碰到与自己想法有差异的时刻，本质中的固执和牛脾气马上都会爆发出来。他色得很大男人，喜欢小女人的温顺和柔情，以柔克刚，是他最招架不住的攻势。他喜欢被需要的感受，他会色得很温柔，属于那种铁汉柔情的男人。

喜欢红色的男人——活泼、热情、大胆、新潮，对流行资讯感应敏锐，是容易感情用事的男人。他有强烈的感情需求，希望获得伴侣慰藉。缺点就是浮夸、吹嘘，注重外表修饰，有追求物质欲望的倾向。

喜欢黄色的男人——个性积极、喜爱冒险，乐观、爽朗、喜欢结交朋友，是达观、乐天的社交型人物。

女人了解男人的本“色”，分辨他们的“色”差，与他的关系总能拉近一些。男人固执，不容易被流行趋势影响，却也很少会更改自己喜欢的色彩。这又是一种执着。女人却善变，今天喜欢红，明天又喜欢绿，五颜六色轮番登场才热闹。

女人对心仪的那个男人，抓住他的色彩心理，发现他悄悄透露出的真性情，给他最细微的爱与牺牲，总会有赢得他的机会。即使用色彩密码仍不能攻下他，拂起衣袖全身而退亦不是难堪的事。

当女人为男人魂飞魄散的时候，不必慌张，从细节入手，把他的本“色”梳理清楚，了解合不合适，比赢得他更来得实际。

[小笔记]：每一种色彩代表一种品位，男人的品位是他气质的凸显。了解男人的“色”，女人要用体谅包容的态度。好“色”的男人总是有规律可循，不好“色”的男人才令女人更抓狂。

色彩与女人之私密关系

每个女人都渴望留住色彩，外表的美丽，色彩功不可没。

五颜六色的色彩又并不是徒有虚表，除了美丽，它更温柔地渗入你的体内。色彩与女人的内在息息相关，那一层私密的关系值得分享——

红色：跟大地之母联结，爱和生命能量的归根，治疗性和生存的问题。刺激和兴奋神经系统，增加肾上腺素分泌和增进血液循环。

透明色：超越女人，在彩虹里面没有分色的光。

粉红色：记住温柔，内在女性的本质，发出需要和被需要的光。

珊瑚色：爱自己的智慧，跟姐妹情谊、母性和子宫联结。

橘色：对感官的感觉敞开，跟肚子联结，治疗惊吓和创伤。诱发食欲，帮助恢复健康和吸收钙。

金黄色：你本性的东西，内在的宝物，智慧显露出来。

黄色：成为一个女人的喜悦，扩展成为有力量的、正直的，可刺激神经和消化系统。

橄榄绿：女性的领导才能，让心发光，相互认出对方的优点，合作和团队运作。

绿色：在当下，心的宽敞空间，给予和接受爱，心的单纯，发出嫉妒羡慕之光，有益于消化和身体平衡，有镇静作用。

靛蓝色：心的同步，从一个女人的心的感觉层面作为出发点的自发性的、创造性的发挥，调和肌肉、止血、影响视听嗅觉。

蓝色：女性的奉献，创造性的表达，放掉旧有的信念，能降低脉搏、调整体内平衡。

宝蓝色：神秘的女人，直觉的，真知的。

紫色：整合和平衡内在，静心，对运动神经和心脏系统有压抑作用。

紫红色：在日常生活中经历你神圣的潜力，过着爱和慈悲的生活。

黑色：精神上的压抑，易导致疾病发生。

对颜色的参透，亦是女人爱护自己的心态。

色彩和光线一样，对人的生理和心理都有着潜移默化的影响。在心理学上，对于一种感觉兼有另一种感觉的心理现象，叫联觉现象。对颜色的感觉很容易引起联觉，所以，不同的颜色才会对人身心都有不经意的影响。不仅仅只在意你的视觉神经，还影响心脏、内分泌，甚至中枢神经系统。它的威慑力可不容小觑。

女人爱自己，便爱屋及乌地钟情色彩。若对色彩没有一定的造诣，扮美都是空谈。

女人提升自己的品位，不在姿色，却在“好色”。

而再“好色”的女人，如果没品，一样全盘皆输。

[小笔记]：了解色彩的真相，总是对女人有益处的事情。做个色彩达人，手捧着色彩圣经，调理好身心，一两分姿色的女人都可以成为尤物。让那些揶揄和嘲弄真的见鬼去吧。当然品位不是色彩堆砌出来的，不懂得内外兼修，再美的颜色都是空谈。

Part ⑤ 窥探私密笔记，色彩的小测试

色诱：破解你的颜色密码

你的颜色倾向不仅决定你的心理，对生理影响同样很大，就好像我们选择的食物会对身体健康产生不容忽视的影响一样。颜色对精神和生命活力起到非常重要的作用，同时也会刺激人的心理。了解你的颜色倾向，破解你的颜色密码，看看颜色是如何影响你的日常生活和行为的。

以下颜色，你更倾向选哪种作为你的钟爱色？

候选色：1橙，2紫，3棕，4白，5绿，6蓝，7红，8黄，9黑。

答案：

1．选择橙色的人通常都非常热爱大自然并且渴望与自然浑然一体。

他们喜欢户外活动。在林中漫步会让他们感觉到重生的力量。如果喜爱橙色的人们被迫长期待在房间里，可能会生病。青青的树木和可爱的动物对他们来说十分重要。

选择橙色的人喜爱运动，比较适合从事的职业有农场主、足球运动员和野外露营的队长。尽管他们非常感性，但他们很清楚他们在做些什么。在实践中学习和记忆是橙色的人的一贯作风。他们处世的态度让他们能结交到好朋友。由于有同情弱者的情结，他们总会很热心地去帮助那些值得帮助的人，而他们“礼贤下士”这一点也常受到旁人的赞扬。尽管他们有时也会激怒对方，但通常不会持续很久。

他们是理想的恋人，很愿意为了对方改变自己。然而，橙色作为活跃的催化剂也可能对你的性生活产生负面的影响。只要利用适度，橙色给人柔和、温暖的感觉，但它同红色一样不宜使用过长。对神经紧张和易怒的人来讲，橙色不是一种合适的颜色。

橙色是繁荣与骄傲的象征，是自然的颜色。由于它代表着力量、智慧、震撼、光辉、知识和性能力，橙色也被奉成神圣的颜色。橙色是活跃的催化剂，给神经和血液以力量。橙色也和敏感、同情、自助及助人、不确定和天真有关。

2. 选择紫色的人总在努力做得比现有的更好，无论是在信仰、情感或是精神方面。

他们渴望知识，热爱读书。为了能够成就理想的自我，人们会在自己和别人的生活中寻求答案。由于追求完美而又对自己极为苛刻，他们也在极力与自己做着艰苦地斗争。

喜欢紫色的人总是能交到很多朋友，因为他们总是考虑别人比考虑自己为先。总的来说他们并不会为自己要求过多，但一部分人也可能成为自我英雄主义者。这主要是由于他们喜欢以一种不确定的方式去寻求答案而往往失败，他们也会因此郁郁寡欢。

紫色是由温暖的红色和冷静的蓝色化合而成，是极佳的刺激色。紫色可以减轻心脏疼痛、僵硬感和囊肿，并且对治疗严重便秘、水囊肿、偏头疼和胃肠、子宫、皮肤疾病等有很好的辅助效果。另外，也可以用于治疗精神疾病、风湿病和癫痫病。紫色可以用于深度系统手术以减轻疼痛。紫色对眼睛、耳朵和神经系统都会起一个安抚作用，但它也可能会压抑人的情感，特别是愤怒。

3. 棕色代表着稳定和中立。

棕色也是地球母亲的颜色，体现着广泛存在于自然界的真实与和谐。棕色是稳定与保护的颜色，它代表着充满生命力和感情。在颜色金字塔的测试中，棕色被看作是具有精神抵抗力的颜色。它的这些特点主要是因为棕色是由橙色和黑色混合而成。

棕色是一种可靠、值得信赖的颜色。当颜色由浅棕色逐渐加深时，一种真实的感觉也逐渐演变成了让人信赖。棕色也会令人感到难过、沮丧，但总的来说棕色是象征着阳刚之气的颜色。棕色也给人一种强调逐渐减少的感觉，其实意味着这种要求的态度已经变得很固执，棕色也意味着确定和旺盛的生命力。喜欢棕色的人非常热爱生活中美好的事物，他们富有感情，喜欢美食、美酒和有人陪伴。

然而，作为一个喜欢棕色的人，很可能会因过分抑制自己的感情而生活在个人世界里，惧怕外面的世界。因此你觉得身穿棕色或泥土颜色的衣服会有一种安全感。在渴望安全的情感同时也希望能得到外界的认同，这就需要你能意识到自我的价值并且摒除思想上的狭隘。身着棕色的人往往也是诚实、平凡的人，喜欢一种井然有序、稳定的生活方式。

4. 白色是新雪的颜色，或代表来自上天的灵光，这使得白色是一种与众不同的颜色。

喜欢白色的人带着好奇观察周围的人，他们也与周遭浑为一体。白色给人一种害羞的感觉，但这不是真正的害羞。他们只是在耐心地等待引起别人的注意，看上去很害羞，但实际上他们非常外向活泼。

喜欢白色的人无论做什么，总是带着一种圣洁的生活态度。别人也会认为他们如此，尽管他们可能并非真的如此。喜欢白色的人会用一种很挑剔的眼光看待别人，可能对方却一点也感觉不到。自我看重也是他们的一个特点，但只要不造成任何负面影响，这一点不会干扰他们更高的追求。

选择白色的人要明白过分会造成被动，而你自己也会变得无生气、过敏和抑郁。白色代表着纯洁和神圣。白色可以对心脏、精神、神经和情绪起到一个很好的安抚作用，也有助于培养活力和获得支持性的情感。白色加快新陈代谢，增加压力、肌肉紧张感，增多体内药物和化学成分，增强自我保护意识、羞涩感、发散思维、不集中的创造力或极度活跃的思想过程，白色可以减轻疼痛。

5．绿色作为一种中立颜色，绿色与复苏、生长、变化、天真、富足、平静等有关。

选择绿色的人乐意去帮助每一个人，他们是自然界的母亲，往往在和医疗有关的行业里工作。他们喜欢隐藏自己的思想，也不过分关注别人的事，所以他们往往是很好的聆听者，充当顾问的角色。其他人想当然地认为这样的人通常都能很客观地分析事物。热爱和平是他们固化的责任，他们希望每个人都能过上和谐的生活。

喜欢绿色的人容易成为别人最好的朋友。绿色是由蓝色和黄色对半混合而成，因此绿色也被看作是一种和谐的颜色。它象征着生命、平衡、和平和生命力。对孕妇而言，绿色可以制造一种平静安宁的氛围。绿色是最容易被看见的颜色，因为绿色经过水晶体几乎刚好落在视网膜上。

绿色是治愈的颜色，可以消除神经紧张、改善心脏功能。但是过分地使用绿色也会产生负面作用，特别是当病人已经受过绿色的影响。绿色与胸腺和免疫系统有关。绿色可以解除眼睛的疲劳，给人一种宁静的感觉。对治疗神经系统疾病、发烧、溃疡、流感、疟疾、性病和癌症等疾病有疗效。

6．蓝色是一种情感化的颜色，喜欢蓝色的人往往爱待在个人世界里并且对别人也存在戒备心理。

蓝色的灰调表明这个人喜欢一切井然有序。当蓝色逐渐加深，带有的情感色彩也越浓。海军蓝是非常情绪化的颜色，同时也极力在掩饰着什么。具有海军蓝性格的女性可能会喜欢饮酒作乐，也可能会喜欢逛商店。

如果房间里蓝色过多，您可能会感到很压抑。婴儿处于这样的房间里也会哭个不停。蓝色是种很好的颜色，但也需要点缀其他颜色得以平衡。蓝色性格的人非常感性，情绪时起时落，无论高兴还是悲伤，他们都会哭。

他们十分愿意和别人交往，但同时他们也很容易受别人的影响。环境对蓝色性格的人影响很大。蓝色令人想到孤独、沉思、独立和平静，它是真理与和谐的颜色，常常用于冷却、安抚、调整和保护。与蓝色有关的还包括：交流、发自内心的声音、确定、统一、创造、意识、忧郁、男性的力量、清楚、信任、骄傲、幼稚、冷酷、好学等等。

蓝色有降温冷却的作用，可以减轻肿瘤、痉挛、呼吸系统等疾病症状，对发烧、感染等有效，也可以化解人心中的愤怒和仇恨。在治疗痢疾、哮喘、呼吸疾病、高血压和皮肤病中，蓝色也有一定的作用。由于蓝色有催眠作用，所以可以用来镇痛、止血、治疗烫伤等。

7．选择红色的人通常激情四溢，精力充沛，而且很会赚钱。

他们在一种真正的红色时尚中显得非常性感，魅力十足。他们的性格决定了他们经常希望自己成为别人注意的焦点。他们通常能很快地给出一个问题的答案，他们认为自己什么都懂。如果遇到不懂的，他们会寻根问底。他们不在乎不知道问题的答案，只是不想显示自己的愚蠢。他们的动作很迅速，他们总希望每件事都能很快地完成，但累的时候，他们必须马上休息。打个小盹之后，他们会很快恢复。喜欢红色的人往往认为自己无敌。

红色让人产生权力和控制的欲望。生意场上人们喜欢穿红色，认为是权力的象征。喜欢红色的人给人一种精力充沛、异常活跃的感觉。然而喜欢红色的人不会是一个好的领导人。如果有聪明的上级，他们会是很好的执行者。他们只想按要求完成任务，从来不计较代价是什么。

他们是情绪型的人，可能在你面前突然像活火山一样不时地爆发一次，然后很快就会平静下来。他们通常不会花足够的时间去关注某一件事。当他们专注的时候，他们对自己的决定很坚定。他们思维非常敏捷，很聪明。当他们激动的时候，也很容易要发泄他们的愤怒、暴力、仇恨和反叛。这种颜色对那些患有高血压和焦虑症的病人不合适。喜欢砖红色（红褐色）的人能对毒品、酒精成瘾，饮食不正常，或者情绪不稳定。喜欢橘红色的人不仅精力充沛，而且很喜欢户外活动和一些群体活动。喜欢红色中带有蓝色折光的人是情绪激昂，很有活力的人。

8. 黄色与快乐相关，选择黄色的人喜爱权力和控制他人。

他们不想改变，很有科学性、分析性、判断性、自我中心、独立性、专业性、很顽固、不坦率，经常担心和焦虑。有黄色个性的人们很有生意头脑，他们想让别人知道他们受过良好的教育，想通过智力上的努力来获取成功。这类人会是好的领导。他们一般能够很有条理地做出决定，在行动之前会认真分析每一个细节，每个战略游戏都能引起他们的兴趣，下棋是他们的嗜好。

这种个性的人有时会显得有点顽固，当颜色趋向深黄色时，这种个性会演变成他们认为只有他们才能作出正确的决定，这使得别人很容易怀疑他们做事的动机。真正的黄色个性是在考虑各方面意见的基础上才作出正确的决定。有黄色个性的女人做一个生意人会比做母亲好得多，有时这两方面都会兼顾，她们会很快适应这两份工作。

当他们有压力的时候，会把情绪隐藏起来，在别人面前会尽量展现他们甜蜜的一面。他们通常封闭自我，不会让很多人走进他们的生活，他们通常只有一两个好朋友。这些朋友通常也是很有生意头脑的。真正的黄色个性的人不会依靠任何人，除了他们自己。他们的穿着一般很考究，通常看起来很专业，简单有品位。

黄色是所有颜色中反光最强的。当颜色加深的时候，黄色的明亮度最大，其他颜色都变得很暗。它有激励、增强活力的作用，能够增加清晰度，便于交流，并以机智而著称。

9．黑色性格的人很情绪化，尽管可能处于重压之下他们也会表现得尤其自然。

他们通常会很复杂、高贵、戏剧性、正式，并且给人一种强有力的感觉。他们可能成为非常有权力和威慑力的人。黑色穿着会让你感到意志坚定、固执和自律，那你必须小心变得过分僵化和独立，同时也可能反映你对自己很好地应对生活的能力缺乏信心。你还需要经过一个过程才能真正成熟起来，所以在真正认识自我的路上你需要黑色来给自己一个保护。

黑色代表着放弃，一种最后的放弃，想穿黑色可能表明经过激烈的思想斗争之后想放弃所有的一切。黑色也意味着自制，在特定场合身穿黑色表明你想以一种权威的形象出现。

灵魂的颜色

你和一群朋友去山里探险，遇到了一场大雾，使你和朋友走散了。这时出现一位仙子，要你从她的魔法物品里选取一样帮助你渡过难关。你会选择：

1．镜子，2．柳丁，3．苹果，4．小树苗，5．青鸟，6．南瓜，7．水晶球

答案：

1．选择镜子的你，灵魂颜色：白色。

个性：内敛而自省 。光明，纯净，单纯，理想主义，是白色灵魂的特色。在很小的时候，白色灵魂就知道要忍受痛苦，顾全大局。在很年轻的时候，白色灵魂就想要隐藏自己的才华，因为太多的才华与优点，对白色灵魂来说有时反而像沉重的负担。但其实白色灵魂的人善解人意，往往是亲人朋友最喜爱的人，所有事情到了白色灵魂的手上，以他们理性、客观的处事方式，总是会让事情更为清楚。

2．选择柳丁的你，灵魂颜色：黄色。

个性：欢笑与泪水的平衡 。像太阳般的黄色灵魂，常是社交圈或朋友眼中的小太阳。擅长制造欢笑与眼泪的黄色灵魂，总是会在适当

的时候让众人放下烦恼。不过，在欢笑背后，黄色灵魂却会有一种蠢蠢欲动的，把胆小与不安隐藏起来的，别人所没发现的另一面。有时候，太多的聪明才智可能会让别人当成狡辩，或是太多不安与焦虑在别人眼中成了愤世嫉俗的嘲讽。这些在黄色灵魂的身上，常是一体两面的反应。

3. 选择苹果的你，灵魂颜色：红色。

个性：敢爱敢恨带有强烈风格。红色灵魂的人外向，活泼，支配欲强，天生具有热情洋溢的个性，喜欢成为主导性的灵魂人物。只要有你在的场合，绝对有着热闹非凡的对话及气氛。对物质与爱情都有着强烈渴望与需求的你，有时非常冲动，容易喜怒无常，对于不喜欢的人和事，也较具有侵略性与攻击性。这样的灵魂特质，常像一场狂风暴雨似的，来得急去得也快。试着放慢自己的步调，或许你会更容易开心。

4. 选择小树苗的你，灵魂颜色：绿色。

个性：爱就是无悔付出 。慷慨，感受力强，你喜欢照顾他人，控制欲也相对强烈，渴望自由自在却又害怕失去控制，这就是绿色灵魂与生俱来的特性。绿色灵魂总是爱以照顾他人为爱人的方法，不论是生活起居、饮食习惯，甚至是想法及人情世故上应对进退，你总认为有一套应该遵守的法则才对。有时，绿色灵魂的确像个全知者，在任何场合都能成为一个仲裁者或可以协调纠纷的人。

5. 选择青鸟的你，灵魂颜色：蓝色。

个性：总是过度压抑。圆滑、内敛、聪明而富有交际手腕，是蓝色灵魂最美最高贵的人格呈现。总是知道自己要做什么，总是有一套清楚的生命版本在心中，蓝色灵魂常为了达到目标，而压抑自我情绪，只为了要呈现最完整及完美的状态。有时这也造成了蓝色灵魂感到些许悲伤及对事物的冷漠，因为在幽默风趣的外在表现下，其实内心最深处的孤独感是没人能明白的。

6．选择南瓜的你，灵魂颜色：橘色。

个性：有着纤细的思维。特别具有直觉力的橘色灵魂，可能总是徘徊在极大的喜悦和极强的惊恐之中。对于感官上的享受及刺激，总是比其他类型灵魂的人来得更敏锐，能产生某种直接或间接的感触，你总是能将最深的想法及感受充分地表现出来，许多的艺术家和创作者都来自于这样的灵魂类型。秉持着对理念和信仰的牺牲奉献精神，并且经常处于自省状态，是橘色灵魂一生奉行的信念。

7．选择水晶球的你，灵魂颜色：紫色。

个性：容易落入情绪的无间地带。象征权贵的紫色灵魂，细致，敏感，特别能了解灵性事物或是新时代的各种模式。紫色灵魂自很小的时候就有离群独居的念头，有时甚至可能有逃避现实的倾向。对一些未知领域的事情会感到好奇和渴望理解。但往往过多的想法和领悟却无法抒发自己的情绪问题，这会将紫色灵魂的心情从高处拉回低谷，总是让自己的心灵徘徊在天堂与地狱之间。

从色彩窥视心灵颜色

第一位以心理学方式延续研究这项测试的卢休指出，颜色的嗜好也显示出其人对异性的态度和日常生活的形态。换句话说，对于色彩的喜恶，可以反映出一个人心中潜藏的愿望。这里有八种颜色，依你按由强到弱“讨厌”的颜色的顺序，选择你排列第八的颜色：

1. 绿色，2. 茶色，3. 蓝色，4. 紫色，5. 红色，6. 橘色，7. 白色，8. 黄色。

你选择了哪种颜色？最后选出的第八种颜色，是了解你性格的关键。但是有一点必须注意的是，不要与喜好的服装颜色相混，请你直接选出感觉深刻的色彩作答。

答案：

1. 最后选择绿色的人：

绿色是“红”与“蓝”的中间色。挑选绿色的人性格上也居于两者之间。既有行动力，同时又能沉静思考，拥有截然不同的两种特质。也就是兼具优雅与理性，喜好寂寞又谨慎保守。行事不会逾越本分，非常明白自我的立场。由于性情冷静，无论面对任何事都能冷静处理，而且绝不感情用事，所以深受别人信赖。对于别人的请求或委托，总能欣然接受。

2．最后选择茶色的人：

茶色是深沉而朴素的颜色。喜欢这个颜色的人，服装嗜好也偏爱不华丽但富有韵味的款式。正因为这种倾向，你很在乎事物内层的精神性表现，所以很能了解人世间的寂寥、孤寂。虽然你的外在并非引人注目，但是内在具有良好的潜质。由于诚实又富有责任感，很容易被别人接纳。但是，有时太过于孜孜不倦而显得有些不知变通。此外，对于容易明白的事情，偶尔会用力过度，做无谓的深刻思考。

3．最后选择蓝色的人：

蓝色是天空和海洋的颜色，正巧和红色所具有的形象相反，它象征冷静和浪漫。一看到蓝色，就令你心情安定沉静，同时提高想像力。喜好蓝色的女性，多具有女性善良和丰富的感受力。神经纤细，容易感伤，对人也十分敏感，一个人独处时，常无法忍受那种孤寂。经常渴求恋爱的对象，而且也希望为温暖的爱所包围。是与其爱人而宁愿被爱的典型。个性朴实，容易得到他人的好感。

4．最后选择紫色的人：

紫色，是红和蓝两个性格极端的颜色混合而成，因此，这个颜色充满着神秘不可理解的复杂情调。喜欢这个颜色的人，可以说是艺术家类型的人，内心强烈渴求别人肯定你的才能，有时显得太过虚荣，装饰过度。面对知心朋友，不妨坦率以待。但是由于平时内向又性情不定，旁人很难理解你真正的想法。此外，有时你也会大发雷霆，但决不至于歇斯底里。

5．最后选择红色的人：

红色是代表精心和行动的颜色，而红色的食物或饮料也通常具有提神醒脑的功能。喜欢红色的人，个性积极，充满斗志。而且意志坚强不轻易屈服，凡事依照自己的计划行事，一旦无法实现便觉不顺心。如果完全不依原先所预期，会有猛烈反弹的举动。尽管如此，碰到多少困难，都不能轻易打倒这个精力充沛的人。

6．最后选择橘色的人：

橘色是不太讨人喜欢的颜色，特别是不受女性欢迎。可是，喜欢橘色的人却具有出众的社交性格，可以与任何人融洽相处。这种人最适合从事推销员、空中小姐、旅馆服务员的工作。经常笑脸迎人，主动向人打招呼问好。这类人喜欢与人相处，不喜欢独处。喜欢上别人时，通常以朋友的身份爱慕对方，而不会以大胆热情示人。另外，这种人非常喜欢新鲜事物或是稀奇古怪的东西，对人生拥有永不熄灭的情趣。

7．最后选择白色的人：

白色象征单纯，代表神、理想。偏爱白色的人大多不会将自己的感情清楚地流露在外。看待事物不会单取外表的光辉璀璨，会进一步探索内在的本质。你的外在不是光彩四射，因为你本身便不爱表现。其实你拥有不少突出的优点，你的个性实在，做事努力认真，责任感强，所以深受他人喜爱。

8．最后选择黄色的人：

与金属相结合的黄色，是理论性思考事情的“理智之色”。看到黄色，便容易提高自制力和注意力。喜好黄色的人，大多属于理论家类型。虽然才能出众，却容易恃才傲物。由于自尊心强，又对自己的能力极具信心，因此，经常希望得到别人的肯定和赞赏。尽管如此，有时也能温顺服从，表现出合作的个性，爱好黄色的人是一位生命力极强的人。

生命的颜色占卜

这个小测试是由法国著名心理及灵术家Ganaesia研究出来的，只要把你的出生年月日相加，便可找出自己的生命颜色，从而窥探内心深处真正的自己。

生命颜色的计算方法：把你的西元出生年月日的数字写出来，然后将数字一个一个相加，直到结果变成单一数字为止。这个数字就是你的生命颜色。如：1978年8月23日出生的人，用1+9+7+8+8+2+3=38，然后3+8=11，最后1+1=2，那么2这就是生命颜色的占卜数字了。

其对应的颜色如下：

1=红　2=蓝　3=绿　4=白　5=黄　6=橙　7=黑　8=紫

答案：

红色：热情冲动莽小子。

感性的你内心热情如火，随时都能以你的热情将周围的人融化，不过因为太热情，所以有时会太过冲动，踩不住刹车，因此常常会得罪人，受到失败的打击，不过你的复原力就像打不死的蟑螂一样强，即使跌倒了也会很快爬起来的。

蓝色：理性助人小天使。

“循规蹈矩不逾矩、冷静理智不犯错”，就是一般人对你的印象，冷静的你总是能得到别人的信赖，不过谨慎的性格让你做的比说的多，不轻易将自己的想法表达出来，以致别人总认为你个性有点阴沉，其实你是乐于助人且深思熟虑的。

绿色：大而化之墙头草。

基本上你没有什么个性，见人说人话、见鬼说鬼话、随波逐流、没啥主见，你最希望的人生就是一生平平淡淡、没有任何大风大浪。虽没有强烈的个人色彩，但你是个知足常乐的和平主义者，只是当生活中出现大风浪时，可能会有没办法面对挑战的顾虑。

白色：单纯天真幻想家。

纯洁如白纸的你就如爱情小说中不食人间烟火的主角，成天活在自己编织出来的世界里，尘世的一切都与你无关，感情蒙蔽理智，情绪不稳易受环境影响，要当心白日梦做得过度会变成妄想症，明明没有发生的事都会以为发生过喔！

黄色：乐观开朗傻小子。

天生乐观，即使天塌下来也相信有比你高的人顶着，好奇心旺盛，任何事都要去试一试才甘心，若是有人阻止你去做新的尝试，必定会遭到你强力的反击，有时也别太铁齿，听听别人的意见，以免被人骗了还不知。

橙色：依赖成性小BABY。

你就像个永远长不大的小孩，永远需要别人陪在身边，为你把屎把尿、送汤送水、嘘寒问暖、呵护照顾，虽然依赖心重，但也因这点你会对朋友掏心掏肺，因此身边朋友众多，当然你最主要的目的就是找一个能一辈子照顾你的人喽！

黑色：人格分裂小恶魔。

你拥有多重人格，一会儿是天使、一会儿是恶魔，集最佳执行力、理解力、社交力于一身，想出人头地对你不是难事，但是你却常常另外去追求遥不可及的目标，以致终其一生都在追逐梦中楼阁，要小心分裂性格会对你造成不平衡的影响，让你难以得到真正的快乐。

紫色：深谋远虑思想家。

遇事不会立即下决定，而会把这件事从头到尾分析清楚才决断，深思熟虑的程度令人望尘莫及，自信心强，会早早就决定自己的人生目标，不过你也十分坚持，就算决定错误也不轻易更改，有时也要懂得妥协，免得一生痛苦。

巫婆的宝石戒指

有一位巫婆送你一只宝石戒指，这是一只不同于普通戒指的神奇戒指。当巫婆握住你双手的一瞬间，宝石会发出万丈光芒，你认为它会发出什么颜色的光芒呢？

1. 红色，2. 蓝色，3. 黑色，4. 绿色，5. 紫色，6. 橙色

答案：

1．红色：

红色非常的热情，就像一团燃烧中的火球般，是十足的性情中人，你的爱情火焰也是强人一倍，你善于与人交际，不论是在公司或学校的社团活动，你都非常踊跃地参加，谈恋爱时非常积极、大胆，具有革新的精神，但你内心亦有所不满，你为了解除隐藏的不满，很可能会伤了别人，甚至会为了出人头地，而把自己的快乐建立在别人的痛苦上，你的内心一直强烈地企盼着希望他人“爱我”。

2．蓝色：

待人处事皆非常冷静，绝不会感情用事，你就像毕加索一样，充满艺术家忧郁的气质，但是在面临紧急状况时，你会保持镇定，不慌不忙地处理事务。这样的你，很难与你的伴侣维持火热的感情，你总

是静静地分析对方的一切。另外，由于内向的个性，也使你极富责任感，但个性稍嫌保守，所以你的内心很难燃起一股热情。

3．黑色：

黑色最易营造神秘的气氛，这也就是为什么巫师喜欢穿黑色衣服的原因，你对于神秘的、不可知的事最感兴趣，所以你所欣赏的人，也是那种外表虽不起眼，但极富神秘气质的人。不过，一旦你觉得对方的神秘气质消失后，你就会感到失望，曾维持长久的恋情立刻因你的冷漠而降温，而且你是喜怒形于色的人，所以对方立刻会察觉出你的态度，却不解你为何如此，你缺乏控制自己脾气的修养，而且你也不清楚自己的实际想法如何，不知道该怎么做，充满了不安与怀疑。

4．绿色：

绿色像森林和山岳，带给人们稳定安详的心情，绿色一直予人祥和舒服的感受。你就像火焰那般，以你的爱心火焰渐渐地温暖别人。你对任何人都很温柔，以宽阔的心情对待他们，你的喜怒哀乐很少形于色，脸部总是维持着一种表情，但喜爱你的人反而会因此对你产生信赖感，只是你处理事情太过慎重，小心流于顽固。

5．紫色：

紫色是代表着内心不安的颜色，此刻的你就像是“鬼火”一般，心情忽明忽灭，难以安定。你是不是有不为人知的烦恼呢？你非常敏感，有时朋友无心的一句话，你都会为之耿耿于怀，更不用说你心上人的一举一动了。不过要提醒你的是，你心中的不安大部分是来自于你自己的想象。你容易把自己关在一个人的小世界中，又加上你拙于表达自己的心意，所以难免会遭人误会，另外你也有强烈的性的渴求，你是否一直渴望着拥抱他人或被人拥抱呢？

6．橙色：

橙色代表开朗，精神焕发的你非常具有热情、活力，而你还会把你的快乐心情感染给周遭的朋友。你的四周常常是笑声洋溢！可是，你是真的由衷地感到快乐吗？虽然很多人看到你表面上的热情开朗，其实你内心对不断地付出已感到疲惫。你愈是脸上堆满笑脸，其实心中愈觉寂寞，在你的心底一直渴望着能得到心上人强烈的爱意。

糖果色暴露你的秘密

想象盘子中放着五种不同颜色的糖果，你会先吃哪种颜色的呢?

1．白色，2．黑色，3．黄色，4．绿色，5．粉红色

答案:

1．选择白色:

这类人热爱纯洁的事物，热爱新鲜健康的生命力，他们希望永远年轻，对于衰老和疾病特别恐惧，这连嘴边长出浅浅的笑纹都会紧张好久。

2．选择黑色:

对于糖果来说，黑色是一种另类的颜色，同时也有覆盖一切权力的意味，选择黑色糖果的人比较有支配欲，特别渴望学业和事业的成功。请你一定记得：成功需要你付出最大的努力。

3．选择黄色:

黄色是鲜明跃动的色彩，与物质欲望无关，选择黄色糖果的人很爱漂亮的衣服和时尚的玩意儿。可爱还要内外兼修，才能成为最IN的宠儿。

4．选择绿色:

绿色和表现欲有关，选择绿色糖果的人有一张能言善辩的嘴，说

起话来头头是道，天生就有吸引人注意的能力和愿望，许多大明星都会选此项。

5．选择粉红色：

娇嫩的粉红色会让人想起“浪漫”“爱”“温柔”……这类人是那种相信“有爱就有幸福”的心地善良的朋友，是把爱放在生命中至高地位的人。

颜色决定你的性格

颜色可以决定你的性格，你相信吗？紫色浪漫神秘，蓝色沉默忧郁，黄色温和光明，绿色青春和平，黑色庄严静寂……究竟哪一种是你心底的颜色？快来选一种你最喜欢和最讨厌的颜色，就可以看出你隐藏的性格以及恋爱癖：

1．红色，2．黑色，3．黄色，4．粉红色，5．绿色，6．蓝色，7．紫色，8．棕色。

答案：

1．红色：

喜欢红色的人，是属于精力旺盛的行动派。不管花多少力气或代价也要乐观的你并不会因为挫折而闷闷不乐，而总是想办法当场解决。对于阻挡自己幸福的人，则怀有很深的敌意。一旦有事情发生，你总是先怪罪别人，这点对你相当不利。如果对别人能够以更宽大的心对待，相信你的人气会更旺。

讨厌红色的人，不喜欢别人跟他（她）太过亲近。因为如此，对于突然来临逼迫式的爱情你会临阵脱逃。其实你心里是渴望激烈的爱情的，但由于这种矛盾的性格，使你在感情的路上一直波折不断，这些波折也使你对爱情更裹足不前，以致错失良缘。

2．粉红色：

喜欢粉红色的人，常常想让自己呈现出年轻、有朝气的感觉。甚至希望在旁人的眼中是个高贵的形象。喜欢粉红色的人大多不是俊男就是美女，散发着一股让人看到就很舒服的魅力。不过，这类人却有强烈逃避现实的倾向。因不擅于对人吐露心事，常常躲在自己的小天地之中。又因不容易接受别人的意见，也不喜欢和人争论，也常被当作优柔寡断的人。另外，无法忍受现实的难堪及曾被信任的人背叛的人也会喜欢粉红色。

讨厌粉红色的人，在恋爱上给人不够坦率的感觉。常常会对另一半有所挑剔，即使对方送了礼物给你，在说谢谢之前，还是会挑三拣四地说一堆不该说的话。老实说，你就是希望对方把你捧上天对你服服帖帖的。

3．黄色：

喜欢黄色的人，富有高度的创造力及好奇心。关心社会问题甚于切身问题，喜欢追求崇高的理想，尤其热衷社会运动。相当自信而且学问渊博，你也引此为傲。看起来你好像社交家一样，其实内心很孤独。所以，你绝对不会背叛朋友，也绝对不做没有把握的事。

讨厌黄色的人，在爱情上喜欢将自己的价值观强加在对方身上。因此寻找的多半是和自己相像或平凡的对象，而绝对不会对无法预见未来的艺术家产生兴趣。但是跟自己太相像的人在一起久了又觉得缺乏某种刺激而希望改变现状，实在矛盾极了。

4．绿色：

喜欢绿色的人，基本上是一个追求和平的人。不过却害怕独处，喜欢群体的生活。也因此你擅长与周围的人保持良好和谐的关系，总是给人亲切温和的印象。而周围的人也对你十分信赖和崇拜。不过，因为对每个人的态度都差不多，所以有时候也容易让人误认为是个八面玲珑的人。喜欢绿色的人十分上进，但因为不喜欢在团体中太过突出，所以也会要求周围的人一起奋发向上。

讨厌绿色的人，在心态上一直不希望变成大人，所以在恋爱上来说是希望备受呵护和注意，希望对方不断为自己付出。因为这种不容易替对方着想的性格，常常会说出伤人而自己又不自觉的话，最后只会让情人伤心。

5．蓝色：

喜欢蓝色的人，是个很理性的人。面对问题常常临危不乱，在起冲突时总是默默将事情化解，等到该予以反击时，一定会以很漂亮的手段让人折服。乍看之下应该人缘不错，不过却不善与人交际，所以只和志同道合的朋友自组一个小团体。常因坚持崇高的信念而受人尊敬。绝对的坚持己见，对旁人的意见欠缺采纳的雅量，所以与人意见相左时，虽然表面上不会显露出任何不悦，但其实心里很介意 。

讨厌蓝色的人，在爱情上寻求互补的对象。如果自己欠缺才华则会特别崇拜有才华的人。对你来说，拥有自己所没有的优点的人，会让你的生活更加精彩刺激。但这种性格很容易呈现疲乏，一旦遇到更厉害的对象，你马上又会移情别恋了。

6．紫色：

喜欢紫色的人，通常很多都是艺术家，容易多愁善感。但机智中带有感性，观察力特别敏锐。虽然自认平凡，但相当有个性。在公开场合中显得沉默而内向。但常常容易滥用你的感情，以致造成很多不必要的误会，这种不是恶意的滥情，在事后别人告诉你之后，你会很认真地反省但也容易再犯。

讨厌紫色的人，喜欢在恋爱上采取主控权。与其说是为了爱而企求对方改变，不如说是希望按照自己的希望去塑造情人。在爱情上的你很强势，爱控制人，让你的情人会忍不住想逃离你的身边。不过，因为你很有自信，所以就算情人离开你，你也不会太难过。

7. 棕色：

喜欢棕色的人，个性拘谨，自我价值观很强烈。很怕因外来因素而必须改变自己。但外表及处理事情的态度上，却给人有一种很大的信赖感。对人与人之间的利害关系划分得很清楚，所以容易给别人一种冷漠的倾向。不过因为你耿直的个性，让人很信服，不知不觉中支持你的伙伴会越来越多。

讨厌棕色的人，在恋爱上采取放任的态度。喜欢主动、直接、强烈的爱情，人缘很好，这一点会让你的情人感到不安。和朋友相处的时间远比情人还多，所以你的情人总有一天一定会离你而去。

8. 黑色：

喜欢黑色的人，通常很积极。对未来会做很好的规划和努力。即使外表不修边幅，看起来还是很优雅、高尚。在旁人的眼中，你是个有主见及应对得体的人，而你也希望在别人眼中是个不平凡的人物。

讨厌黑色的人，在恋爱上看来是个讨厌被束缚的自由分子。十分相信以自己的直觉选择对象。尤其相信一见钟情，即使对方已有对象或家室，你也会不顾一切追求他（她），这点相当危险。

颜色恋看爱情

Q1：你认为初恋是什么颜色呢？

A：粉红色～Q2

B：蓝色～Q3

Q2：你认为勇气是什么颜色呢？

A：橘色～Q5

B：黄色～Q4

Q3：什么颜色足以形容生气？

A：黑色～Q6

B：红色～Q7

Q4：什么颜色足以形容爱情？

A：柠檬色～Q5

B：樱花色～Q8

Q5：什么颜色足以形容喜悦？

A：粉红色～Q8

B：橘色～Q9

Q6：什么颜色足以形容希望？

A：橘色 ~ Q10

B：红色 ~ Q11

Q7：什么颜色足以形容紧张？

A：蓝色 ~ Q11

B：紫色 ~ Q6

Q8：什么颜色足以形容痛苦？

A：蓝色 ~ Q12

B：棕色 ~ Q13

Q9：什么颜色足以形容绝望？

A：深蓝色 ~ Q8

B：棕色 ~ Q13

Q10：什么颜色足以形容妒忌？

A：红色 ~ Q11

B：黄色 ~ Q14

Q11：什么颜色足以形容真心？

A：灰色 ~ Q15

B：红色 ~ Q14

Q12：什么颜色足以形容回忆?

A：粉红色 ~ Q13

B：绿色 ~ Q16

Q13：什么颜色足以形容成功?

A：红色 ~ Q18

B：蓝色 ~ Q17

Q14：什么颜色足以形容单恋?

A：柠檬色 ~ Q19

B：水色 ~ Q17

Q15：什么颜色足以形容安心?

A：柠檬色 ~ Q14

B：粉红色 ~ Q19

Q16：什么颜色足以形容爱心?

A：绿色 ~ Q22

B：柠檬色 ~ Q20

Q17：什么颜色足以形容友情?

A：红色 ~ Q22

B：粉红色 ~ Q20

Q18：什么颜色足以形容信赖？

A：白色 ~ Q21

B：红色 ~ Q23

Q19：什么颜色足以形容慈悲？

A：白色 ~ Q18

B：粉红色 ~ Q23

Q20：什么颜色足以形容苦闷？

A：棕色 ~ Q21

B：柠檬色 ~ Q24

Q21：什么颜色足以形容伤心？

A：水色 ~ Q24

B：蓝色 ~ Q25

Q22：什么颜色足以形容不安？

A：深蓝色 ~ Q27

B：灰色 ~ Q26

Q23：什么颜色足以形容失败？

A：白色 ~ Q22

B：黑色 ~ Q27

Q24：什么颜色足以形容谎言？

A：灰色～A型

B：棕色～Q25

Q25：什么颜色足以形容疑惑？

A：棕色～B型

B：黑色～A型

Q26：什么颜色足以形容讨厌？

A：紫色～C型

B：红色～D型

Q27：什么颜色足以形容背叛？

A：红色～D型

B：棕色～C型

答案：

A类型：

你是个保守而传统的人，可能是自小就家教严格的关系，因此在你的观念中，就是要含蓄，不可以太过主动。这样的你，从小到大在长辈的眼中都是个乖巧有礼貌的好孩子，因此在同年龄中算是比较突出优秀的，因而会很受同性朋友的妒忌。爱情方面，你显得相当被动，即使有喜欢的对象，也不敢主动表示爱意，所以常常演变成单恋，而结婚的对象也多是相亲认识，且对方的年纪与自己会相差颇多，可以说是一对老少配。婚后的你会全心投入家庭当中，是最典型的贤妻良母或新好男人。

B类型：

你是一个胆小，又怕受伤害的人，所以在任何行动之前一定再三考虑；但过度小心，很多机会就错失了，甚至让旁人觉得你是个“没主见”的人。爱情方面，你显得更没胆量，想爱又不敢爱，对于喜欢的人却恶言相向，若对方不是脸皮厚一点，很容易就会被你吓跑了，所以请真实面对自己内心的感觉！婚后的你是个能兼顾家庭及工作的人，但要改一改你那爱吃醋的个性，凡事睁一只眼闭一只眼才好。

C类型：

你是个大方而积极的人，只要是想追求的事物，你就会不顾一切往前冲，属于少年得志型。在团体中，你总是最亮眼的，很容易成为领导者，但要注意的是，不要太过于强势，否则会受到排挤，影响人际关系的和谐。爱情方面，你热情而主动，只要看到喜欢的人，就会不计任何代价想要得到他；但热度来得快也去得快，所以谈恋爱的经验相当丰富，但结婚却属于晚婚型。婚后的你仍不放弃享受婚前的自由，但前提是你的另一半要能容忍你才行。

D类型：

你如同邻家小孩般，所以人缘相当不错，不论是在长辈或同辈当中看来都是优等生，且看到他人有难，总会忍不住去帮助他，但有时候过度发挥，会让别人觉得你多管闲事，所以别任意挥霍自己的同情心！ 爱情方面，平日温和的你一谈起恋爱来，就如同变了个人似的，大胆积极且勇气十足，让周遭的人跌破眼镜，可是如果你爱上的人是大家都反对的对象，反而会让你更加笃定自己的选择，所以在谈恋爱方面你可是一个危险人物。婚后的你甘愿做个全职的家庭主妇或主夫，但可别与社会脱节喔！